光文社文庫

流星さがし

柴田よしき

光　文　社

目次

流星さがし

1

真下に立って見上げると、てっぺんはまったく見えなかった。あらためて、高層ビル、という単語をあたまの中で反芻《はんすう》する。この高さと比較したら、景観問題で物議をかもした京都のKホテルなど、高層、という名前すら遠慮しなくてはならない程度の高さだろう。

この街では、これが、これこそが、景観なのだな、と思う。まるで田舎者《いなかもの》を威嚇《いかく》しているかのような、この圧倒的な物量感。もしこの建物がたった今、崩壊して自分の上になだれ落ちて来たら、と少しでも想像したら、息苦しさに胸が痛くなる。そうしたことを何ひとつ考えてはいけない、それがこの街で生き抜くルールなのだ。

東京。

仕事で何度か来たことはある。弁護士になる前にも、友人と遊びには来た。別段、好きでも嫌いでもないところだった。観るものは無数にあり、金が続けば刺激は永遠に手に入るところ。だが、住むに値する街だと感じたことはない。ちょっとの間、観光気分で滞在して、いろいろ楽しい思いをしてさっさと帰る、それがちょうどいい街だと思っていた。

成瀬歌義《なるせうたよし》は、痛くなって来た首の後ろをさすりさすり、心の中で自分に言い聞かせた。ガッツやで。負けたらあかんで、東京なんかに。

背中に背負ったデイパックの中には、阪神タイガース応援グッズも入っている。俺はオリックスのファンだけど、何となく東京に乗り込むなら虎だろう、と思ったので入れてみた。京都駅で買った生八橋《なまやつはし》も、新作のコーヒーミルク味とあずきミルク味。あんこしか能がないと思うなよ。いちごミルク味、というのもあって、たぶんいるはずの女性事務員にはウケそうだなと食指が動いたのだが、いちご大福が誕生したのは京都ではなく東京だったと聞いたことがあったので、真似っこと思われるのもシャクでやめにした。

なんでもええ。とにかく、俺は負けへんのや、東京なんかに。

よし、と拳《こぶし》を握り、自動ドアの前に立つ。ドアが開く。だだっ広い空間が目の前にどんと出現した。右手には、ずらっとエレベーターのドア。ドアの上に、何か書いてある。2-12、13-18、19-20、32-35、36。階数ごとにエレベーターは専用になっているらしい。

21階から31階まではホテルで、左手にホテル専用エレベーターがあり、36階はスカイラウンジという展望施設だ。もはや東京で36階というのは珍しい高さでもないようだが、このビルのスカイラウンジは展望室とバーに分かれていて、デートスポットとして大人気だと、昨日、コンビニで買った雑誌に書いてあった。32-35階はレストラン街。昼食の選択が楽しみではあるが、こんなビルのレストランでは、ランチタイムでもそんなに安くないかも知れないし。

　いずれにしても、俺の用があるのは、十八階だ。他の階じゃない。歌義は、二つ目のエレベータードアに向かった。

*

「今日が初出勤やったな、そう言えば」

浅間《せんげん》寺《じ》龍《りゅう》之介《のすけ》は、壁に画鋲《がびょう》でとめたカレンダーを見て、呟《つぶや》いた。

　中学教師時代の教え子で、長年の夢をかなえてやっと弁護士になった成瀬歌義が、東京に武者修行に出る、と電話して来たのは、一ヶ月ほど前のこと。歌義は、桑沢《くわさわ》という人権派弁護士の個人事務所で働いていたのだが、その桑沢先生が紹介してくれたとかで、東京でも指折りの大弁護士事務所、あさかぜ法律事務所に勤めることになったと言う。普通の会社で言えば出向にあたる扱いで、いわば、研修のようなものらしい。歌義は、桑沢弁護士の人柄に惹《ひ》かれて、司法試験受験生だった頃から桑沢事務所でアルバイトをしていたのだが、その桑沢弁護士から、大きなところでいろんな経験を積んで来いと言われたのだ。歌義は、関西人の多くがそうであるように、東京、という土地や存在に反感を抱いている。むやみに嫌い、というわけではないが、東京に憧れる気持ちはわからないタイプだ。しかしそれは裏返せば、関西人特有の東京コンプレックスの顕《あらわ》れでもあり、早い話が、東京で暮らすことがかなり不安というか怖いというか、心細かったのだろう。それでわざわざ電話して来て、一時間もぐちぐちと、文句をたれていた。が、結局、歌義自身、自分が弁護士として成長する為には、居心地のいいところで働いていたのでは駄目だ、とわかっていたわけで、愚痴を言いながらも、自分の人生の転機にふるいたっていたのだと思う。

中学教師時代の教え子にも、いろいろな人生を歩んでいる者がいる。駆け出し教師の頃に教えた生徒の中には、もうすっかり貫禄のついた経済人になっている者もいて、時折、新聞にコメントなどが載っていると、時の流れの速さに愕然《がくぜん》とする。また、作家専業になる為に教師を辞める直前、教えていた生徒の中には、自分も作家を目指して投稿を続けている、とメールをくれる者もいる。何か手助けをしてやりたい気持ちはあるが、こればかりは、とにかく自分の運と力とで同じ業界に入ってくれてからでないと、どうにもならない。他にも、結婚して子だくさんになった者、独身のまま気楽に生きている者、海外で成功した者、失敗した者、あるいは……残念なことに、若くして先に逝《い》ってしまった者。古い卒業アルバムをめくれば、無数の人生が龍之介に語りかけ、呼びかけて来る。

　そんな中で、歌義は、特に印象深く心に残っている教え子のひとりだった。中学時代から積極的、行動的で、当時その中学にはなかった新聞部を、一年生の時にたちあげ、仲間を集めて立派な部に育てあげた。たまたま受け持ちクラブのなかった龍之介に顧問のお鉢がまわって来たのだが、歌義はいつも、顧問である龍之介に対して挑戦的で、大人の枠にはめられた部にはさせないぞ、という顔で対峙《たいじ》していた。が、不思議と不愉快にはならず、そんな歌義がなぜかとてもかわいくて、好ましく思えたのだ。

　歌義の正義感や反骨精神は、土台の脆《もろ》い幼稚なものではあったけれど、未来を感じさせる熱に満ちていた。

　若者の無気力、は、あの頃からすでに問題視されていた。龍之介の教え子たちも、それぞれ個々には無邪気で愛らしい子供たちだったが、全体として見れば、だらっと覇気のない、やる気のない雰囲気にどっぷりと浸かり、学校側もそうした雰囲気を利用して、子供たちの興味を高校進学にだけ向けようとする、そんな欺瞞《ぎまん》に覆われていた。龍之介自身、全身全霊で生徒にぶつかっていく熱血教師にはなれず、ただなんとなく、自分の教えた子供たちが道をあやまらなければいいが、とそれだけを祈りながら日々を過ごしていたように思う。

歌義は、あの頃の正義感をそのまま大事に育て、見事、司法試験に合格して弁護士となった。龍之介はそんな歌義を尊敬している。年下ではあっても、ある意味、人生の師となる男だと感じている。

だが、東京の水は、歌義にはかなり辛《から》いのではないか、そんな気もする。

「なあサスケ、歌やんは東京でうまいことやっていかれるんかいな。どう思う？」

座椅子に背中を預けている龍之介の横で丸くなっていた犬が、顔を上げて、小さくワンと鳴いた。

サスケも歌義のことが好きなのだ。


「ごめんくださーい。先生、いらっしゃいますかぁ？」

少し間延びした、呑気《のんき》な声が縁側の方から聞こえて来た。近所に住む主婦、中野《なかの》ひさ子の声だ。ひさ子は林業農家の嫁となって十五年、もとは東京の出身らしいのだが、今ではすっかり、京都北山《きたやま》の暮らしが板についていて、言葉にも、半分くらい関西のアクセントが混じっている。

龍之介が縁側に出て行くと、毛の塊《かたまり》になっていたサスケも起き上がって尻尾《しっぽ》を振りながらひさ子に挨拶《あいさつ》に行く。サスケは、ひさ子が作る煮物が好物なのだ。

「サツマイモ、煮たんですよ。先生は甘いもん、お嫌いでしたっけ」

「いやいや、芋は好物です」

「そんなら良かった。今朝、芋畑の様子を見てみたら、もうできてるのがあったんです。今年はなんや、芋も人参も大きいなるのが早い気がします」

「この夏は暑かったし、雨が多かったからね。わあ、これはおいしそうやな。ありがたい、早速、昼飯代わりにいただきます。えっと、茶でもいれるけどどうですか」

「いえいえ、そんな、執筆がお忙しいんでしょう？」

「いや、今日は一日、資料読みにあてようと思ってますから。昨日、打ち合わせに市内に出てね、河原町《かわらまち》の料理屋で出版社に御馳走になったんやが、その店で売ってた鰻《うなぎ》の佃煮が旨くて、お土産《みやげ》に買い込んで来たんです。旦那さん、鰻、好きでしたよね。少し持って行ってください」

「そんなぁ、そんなんして貰ったら悪いです」

「いいから遠慮なんかせんと。ひさ子さんの煮物はほんまに旨い、わたしもサスケも、何より楽しみにしとります。いつも御馳走になってばかりなんやから、たまにはね。とにかくあがって、あがって」

　ひさ子が遠慮がちに縁側にサンダルを脱いだのを見てから、龍之介は台所に行って急須を取り出した。サスケはひさ子が持って来た鉢が気になるようで、盛んにくんくん言っている。ひさ子の煮物は味付けが薄めだが、それでも犬の健康にはあまりよくないので、サスケがつまみ食いをしないよう気をつけなくてはならない。でもまあ、ほんの一口なら、と、ついつい甘いことも考えてしまう。

京番茶のほろ苦い香ばしさに、サツマイモの甘煮はとてもよく合った。昼飯代わりなので龍之介は遠慮なく食べ、サスケにも、ひとかけらだけ味見させる。あとでいくらか取り分けて、水で煮て味を落としてやろう。ひさ子は、家に帰るといやになるほどあるから、と言って、芋には手をつけず、代わりに龍之介が漬《つ》けたきゅうりの糠《ぬか》漬けをぽりぽり齧《かじ》った。


「先生、また腕があがりましたねえ。もう、糠漬けやったら、わたしのよりおいしいわ」

「そんなお世辞を」

「いや、ほんまです。きっとこの家の菌の筋がええんやろね。素直で、懐かしい味です」

「ひさ子さんは東京の出やったね。子供の時も東京？」

「いいえ、茨城。ほら、アントラーズの鹿島です。高校を出て上京して、食品メーカーでOLしてましてん」

「そこで旦那さんと知り合ったんや」

ひさ子は頷《うなず》いた。

「そうです。うちの人、あの頃は、会社の研究所でカビの研究してましてん」

「カビ？」

「そうです、カビ。食品にわざとカビを生やして、アミノ酸がどうたらこうたら」

「ああ、ブルーチーズみたいなもんかな。カビの種類によっては、食べ物を熟成させておいしくするからね」

「わたしはずっと営業事務やったんで、そういう化学のことはまるでわかりません。でもね、結婚した時は、まさかうちの人が、田舎に戻って親のあとを継いで杉の農家になるやなんて、想像もしてませんでした。次男で家は継がないと言ってたんで、てっきりわたしも、研究職のサラリーマンの妻になって、定年まで呑気に専業主婦すると思ってたのに」

ひさ子は唇をとがらせる。この愚痴はもう何百回となくひさ子の口から漏れているおなじみの愚痴なのだが、龍之介は、初めて耳にした、という顔で頷いてやる。こうやって愚痴りながらも、結局、夫の選択に従って見知らぬこの北山の奥、久多《くた》の地までやって来て、それで十五年、苦労を笑い飛ばしながら山の暮らしに馴染《なじ》んできたこの女性のことが、龍之介はとても、好きだった。半端な関西弁も達者な煮物も、どちらもこの女性の魅力なのだと思う。しかし何より魅力的なのは、この女性が、いつもおおらかで明るくて、周囲の人々をほっとさせてくれる、そうした存在でいることだ。何のしがらみもなく、ただ物好きな都会育ちの作家が田舎に憧れて住み着いている、という目で地域の人々から面白がられているだけの自分とは違い、ひさ子はこの地域に溶け込み、共同体の一員として存在することを義務づけられている。他人の顔をして山里の生活をつまみ食いしているわけにはいかないのだ。彼女にとって、この十五年は、閉鎖的な人間関係やカルチャーショックとの戦いの毎日であり、その精神的苦労はとても一言では言い表せないようなものだったろう。

だがひさ子は逞《たくま》しく、困難を乗り切って山里の女になった。それでいて、ひさ子には頑固さが感じられず、むしろふわりとした柔らかさが彼女をくるんでいるようで、話をしていて疲れるということがまったくない。ひさ子の夫は、龍之介の顔を見るたび、うちのおかめ、とか、太り過ぎ女房、などと憎まれ口を叩くが、その実、ひさ子にぞっこん惚れているのだな、というのは、手にとるようにわかる。確かに、ひさ子の見た目はさほど良いというわけではないのだが、人生の伴侶として選ぶのであれば、ひさ子はまさに、理想の女性なのかも知れない。

ひさ子は、この春に大学生になって東京に出た娘のことを話し始めた。バスで四十分もかかる地元の高校を出て、当然、京都市内の大学に進学してくれると思っていたのに、娘の美晴《みはる》が選んだのは東京の私大だった。奨学金の申請が通ったとかで授業料はなんとかなったようだが、月々の仕送りが大変らしい。林業農家も昨今は昔のような羽振りがなく、北山杉を扱っていても暮らしは楽ではない。それでも、女の子が東京でひとり暮らしする以上、あまり仕送りをけちってはかえって心配なのだとひさ子は言う。

「キャバクラだとかなんだとかって、夜のバイトなんかされたらどうしようって、それが心配でたまらないんですよ。お願いだからそういうバイトはしないでちょうだい、って、電話で毎日、言ってるんです。でも東京ってとこは、昔っから物価が高いし」

「美晴さんはしっかりしてるから、そんなに心配しなくても大丈夫でしょう」

「でも今の子は、昔の人間とは考えてることが違いますからね。売春するわけやないし、キャバクラぐらいどうってことない、なんて言いそうで」

ひさ子が昔の人間、とはとても思えない、というか、少なくとも自分よりはずっと若いという事実に苦笑しつつ、龍之介は頷いた。

「まあ、売春とかそういうことはしなくても、男性に酒席で愛想を振りまいてお金を貰う仕事には、悪い誘惑や落とし穴はつきものやからね、ひさ子さんが心配なのはよくわかります」

「今はなんか、週に三日、どっかのアイスクリーム屋でバイトしてるらしいんですよ。時給七百円やて。せやけど授業が終わってから、四時間働いたって、週に八千円ちょっとでしょう、ちょっとコンパやなんやって出たらそのくらいつかうやろし、服も買いたいやろし……」

「美晴さんから、お小遣いが足りないて相談、あったんですか」

「いえまだ、お金のこと何《なん》にも言うて来てません」

「だったら足りてるんですよ。今どきの子だからって、そんな無節操に無駄遣いするばかりやないと思うよ。美晴さんのことやから、堅実に生活してるんやないかな。あまり先走って気をまわさない方がいいように思うけどね」

娘のこととなると、いつものおおらかさもすっかり消えてしまって、ひどく心配性な母親になってしまうひさ子に、龍之介は何か安心させてやる方法はないかと考えた。目に入ったカレンダーの丸印に、思わず言った。

「実はね、ひさ子さん、わたしの昔の教え子が弁護士になったんやけど」

「あ、あの、成瀬さんって人ですね」

「うん、会《お》うたことあったかな」

「ここで。遊びにいらしてる時、わたし、たまたま笹団子か何か持って来て」

「あ、そうやったそうやった。一緒にお茶飲んだことがあったな。あの、笹団子がうまい言うて残らず食うてしもた男や。あの男なんやが、あれで司法試験になんとか受かってな、弁護士やってるんやが、今日から東京の事務所に勤め始めたんや」

「あら、東京に。京都の事務所やなくてですか」

「うん、京都の事務所で働いておったんやが、武者修行に出ることになってな。これまでは小さな事務所で、人権派言われてるええ先生の弟子やったんやが、その先生から、もっと広く弁護士の仕事を知った方がええてアドバイスされて、ごっつい大きな、弁護士がぎょうさん勤めてる事務所においてもらうことになったらしい」

「まあ……あの成瀬さん、とても素朴な感じの青年でしたわ。東京では苦労するかもわからんねぇ」

「うん、本人も覚悟しとる。それはともかくとして、とにかくあいつはいいやつだし、頭もいい、情も厚い。困ってる人間を見ると、ついつい粉骨砕身してしまう、まあそんな男や。もしよかったら、連絡先、娘さんに教えてやったらどうやろ。東京生活で何かトラブルに巻き込まれた時、相談できるように。わしからも、成瀬にメールして、美晴さんのこと伝えておくし」

ひさ子は目を輝かせ、そうして貰えたらどんなに心強いかと何度も頭を下げた。

龍之介は、ほんの少しだけ、うしろめたい気持ちでいた。ひさ子の娘、美晴は、なかなかの美人なのだ。そして歌義には、アメリカで暮らす恋人・まり恵《え》がいる。歌義とまり恵との長くていろいろあった恋愛に、少なからずかかわった身としては、歌義に若くて綺麗な女の子を紹介する結果になる、というのがなんとなく、落ち着かない。

まあしかし、歌義よ。龍之介は心の中で言った。

それもまあ、愛の試練、ってやつや。せいぜい気張れや、歌やん。

「まあ、そんなに落ち込まないでよ。段々慣れるからさ」

先輩弁護士の高木《たかぎ》に肩を叩かれて、歌義の気持ちはより一層、どんよりとした。

高木敬次《けいじ》は大学在籍中に司法試験に受かったような男で、歌義より二歳も年下なのに、すでに名指しで仕事が来るほど業界に顔を売っている。生まれも育ちも東京、中学から有名私立、大学は東大で、しかも在籍中は他女子大との合同サークルでスカッシュをやっていたとかいう。スカッシュ、と聞いても歌義の脳裏に真っ先に浮かんだのは、商品名がよく似た清涼飲料水のロゴだ。インドアのスポーツで、壁テニスみたいなやつだと理解するのに一分かかった。そのくらい、歌義の人生には縁のないものである。

クールビズだかなんだか知らないが、ノーネクタイがむかつくくらい似合っていて、薄く色のついたシャツの脇の下には汗染みひとつない。スーツも靴も、ちらっと見ただけでも歌義の愛用品とは値段のゼロがひとつ違うとわかる。そんなやつに、気安く肩を叩かれて励まされたりすると、惨めな気分に拍車がかかる。しかも、励まされるだけの値打ちが自分にはない、と思っているのだからなおさらだ。

あさかぜ法律事務所のメンバーとなってまだ実質十日。なのにポカがすでに大小とり混ぜて四つである。自分でもいい加減、嫌になって来る。今日のポカは大の部類だ。依頼人に余計なことを言って怒らせてしまった。口が滑ったというよりは、自分の言葉が依頼人を怒らせるという認識がなかった。歌義はただ、離婚調停が長引いている依頼人に、お子さんの為にも早く決着できるよう頑張ります、と言っただけだった。が、依頼人の女性は、歌義が自分を責めていると感じたらしい。誤解です、と弁解する間も与えられず、どうせあなたも、子供の為に離婚しない方がいいと思っているんでしょう、男なんてみんなそうよ、妻の側から離婚を言い出すなんて恥知らずだと心の中で馬鹿にしてるんだわっ、と激《げっ》昂《こう》され、泣かれ、解任されてしまった。

なんでやねん。

歌義は思わず、天井を仰ぎ見る。やたらと高い天井に埋め込まれたダウンライトからは、嫌味なほど自然な光が注いでいた。

やっぱり、俺にはデリケートさが欠けているのだ。俺に他意はなくても、俺の言葉は女性にとって、常に不作法で無神経なものに聞こえるのだ。

しかしそれって、俺の罪なんやろか。

京都の事務所には、金持ちの依頼人というのはあまり来なかった。離婚調停に駆け込んで来る女性たちは、みんな生活費に困っていた。だから、とにかく安いで、という評判だけを頼りに、事務所のドアを叩いた。その意味では、あさかぜ法律事務所はまさに正反対の世界にある。依頼人のほとんどが金持ちで、しかもかなりの数が有名人だ。しかし、そんなことは本質的には何の関係もない、と歌義は思っていた。これまで通り、誠心誠意対応すれば、問題ないはずだと。なのに、なぜ、依頼人はあんなに怒ってしまったのだろう。わけがわからん。

「関西弁のせいよ」

おまえはエスパーか、と思わずつっこみたくなったくらいにタイミング良く、清州真紀《きよすまき》の声がした。

「成瀬くんの関西弁、わたしは好きだけど、神経とがらせてる依頼人の耳には、なんだか馬鹿にしてるみたいに聞こえるんじゃない？」

清州真紀は、テレビドラマに出て来る優秀な女弁護士、をそのまま実体化させたみたいな女である。本人も、セルフパロディぎりぎりという感じで、優秀な女弁護士のコスプレを楽しんでいるのではないか、と歌義はひそかに疑っている。なにしろ、ハイヒールである。ハイヒール。あんなもんで一日中仕事していたら、夕方には階段を踏み外して骨折しそうだ。もちろん、真紀も、ずーっとハイヒールで仕事を続けるほどには我慢強くないらしく、ローヒールの靴やスニーカーをいつも、自分のデスクの引き出しに入れてあって、人前で歩く必要がない時には素早く履き替えている。彼女が靴を履き替えるスピードはものすごく、歌舞伎の早変わりも真っ青だ。そしてハイヒールには当然のように、タイトスカートのスーツが組み合わされていて、制服かと思うくらい毎日毎日、真紀は、タイトスカートのスーツで出勤して来る。むろん、色もデザインもブランドも毎日違っているのだが、歌義にはそれらの区別がよくつかない。眼鏡はつり目型であずき色、しかも伊達《だて》眼鏡なのだから驚く。近眼は近眼だが、真紀はソフトコンタクトの愛用者で、度の入っていない眼鏡はあくまで装飾アイテムなのだ。薄型のノートパソコンを忍ばせた女性用ビジネスケースに、仕事用と私用の二つ常備している携帯電話。髪は前を切りそろえてちょっと若作り風にしているけれど、後ろはきっちりとお団子にしてまとめている。耳には渋い銀色に光るプラチナのピアス。当然、揺れないやつ。

うーん、やっぱりコスプレっぽい。

「関西弁ってそんなに嫌ですか」

歌義はかなりふてくされた調子で言った。これでも、顧客に対する時はめいっぱい頑張って標準語をつかうようにしているのだ。少しばかりアクセントが関西だからって、それでいきなり、アタシをバカにしてっ、と怒られたのでは、目もあてられない。

「わたしは嫌いじゃないわよ。でも、テンパってる人の耳には、漫才みたいなアクセントって、ふざけてる、って聞こえちゃうこともあるかも、って思ったの」

「漫才みたい、って言われても……これが普通なんやからどうしようもないです」

「だから、わたしはわかる。理解できる。でもね、日常生活で弁護士にお世話になる状況って、普通の日本人にはかなりテンパった状況だ、ってことなのよ、問題なのは。日本人は裁判に慣れてない。訴えるのも訴えられるのもすごく怖がる。ここに来て弁護士に相談するだけだって、みんな内心びくびくしてるし、警戒して神経質になってるものなの。しかも子供がいる夫婦が離婚調停するってのは、親としてどうしても、子供に対してすまないって気持ちが働いてしまう。心の中に、やましさというか、後ろめたさを持ってしまう。そんな時、成瀬くんにはまったく悪気がなくても、成瀬くんの関西弁のイントネーションがまるで自分をからかってるみたいに聞こえる、ってことはあるだろうし、ごく当たり前の言葉でも、最大限に悪くとってキレちゃう、ってことはあるわけよ。でね、そこで成瀬くんが、そんなこと言ったたってこれが地なんだから仕方ないだろ、って開き直るんだったら、それまでよね」

「それまで、というと?」

「キミには向かない、ってこと。関西弁を耳にしても違和感をおぼえない人たちの町に戻って、そこで働くしかない」

「京都に帰れ、ってことですか。俺には東京で弁護士やるのは無理やと」

「キミがあくまで開き直るなら、ね」

「でもですね、言葉なんてそんな、簡単に直るもんやないです。第一……俺、関西弁、恥ずかしいと思わんし。直さなあかん言葉やと思わんし」

「自分のせいじゃない？　自分には落ち度がない、そう思う？」

「……はい」

「そう」

有能弁護士コスプレ真紀は、小さく頷き、くるっとからだの向きを変えた。

「じゃ、仕方ないよね。でもね、成瀬くん。今回はまだ不慣れだったってことで不問にふすけど、顧客を怒らせて逃げられた、なんて失態、今度やったら問題にしないわけにはいかないわよ。この事務所に入りたいって弁護士はたくさんいて、みんな、誰か辞めてくれないかって毎日首を長くして待ってるんだから。その点は、ちゃんと覚悟しておいてね。忘れてるといけないんで念押ししておくけど、成瀬くんはまだ、テスト採用期間なんだから。あと二ヶ月の間のキミの勤務実績を評価するのはわたしの仕事」

エレベーターホールを横切って応接室へと消えた真紀の背中に、歌義は、怒りとも嗤《わら》いとも区別の付かない奇妙な気持ちでしかめ面してみた。誰にも知られることのない、矮《わい》小《しょう》な反抗。確かに真紀の言う通り、現在の歌義の立場は研修採用、正式にあさかぜ法律事務所のメンバーとなったわけではない。その研修採用だって、桑沢先生のコネがあったから何の苦労もなくその立場に収まれたわけだが、普通であれば、履歴書を持って日参し、集団面接を受け、採用試験も受けた上でないと認めて貰えない。そしてその順番を待っている弁護士が、十人はくだらない、というのも本当のことだ。が、しかし、あの言い方はないだろう、と思う。肩書きだけから言えば、真紀は歌義の上司でも何でもないのだ。ただ、研修採用中の指導役を命じられただけなのだ。しかも年齢だって、確か真紀は歌義とおない歳《どし》のはず。なのに、キミだの成瀬クンだのと、あの上から見下ろすような言い方はどういうつもりなんだろうか。

東京の女はすかん。

歌義は仏頂面のまま、エレベーターに乗ろうとした。その時、事務所のドアの前で自分を手招きしている高木に気づいた。横に、とても可愛らしい女性が立っている。小柄でくりっとした大きな目、ジーンズの上にさっぱりとした白い綿シャツ、ポニーテイルに結んだ、染めていない髪。東京の女はすかんけど、あの子みたいなのはちょっといいかも知れない。あの子、高木の何なんだろう。恋人というには若い気がするけど……まだ二十歳くらいかな？

「おーい、成瀬。おまえにお客さんだ」

え、俺？

歌義はびっくりした。それでなくても東京には知り合いなど、数えるほどしかいない。あんな可愛い、若い女の子の知り合いなんか、もちろんいなかったはず。それとも、俺の知らない親戚か何かか？

歌義はおそるおそる、高木の方へと近づいた。ポニーテイルの女の子は、ひょこっ、と可愛らしく頭を下げる。

「中野美晴です。よろしくお願いいたします」

「あ、はい、成瀬です」

つられて頭を下げてみたものの、中野美晴、という名前にはまったく心当たりがなかった。

「名刺、名刺」

高木が小声で囁《ささや》く。歌義は慌てて、ポケットから名刺入れを取り出し、真新しい名刺を一枚、中野美晴に手渡した。あさかぜ法律事務所の名前が入っている、歌義の弁護士生活における最新版の名刺だ。

「R大学文学部比較文学科一年に在籍しています。まだ東京に出て来て間もなくて、どなたに相談すればいいのか、ほんと、困っていたんです。成瀬さんのこと、母に教わって、さっそく来てしまいました。母は気楽に言ってましたけど、ほんとにご迷惑ではないでしょうか？」

母。母に教わった。謎はまた深まった。この娘の母親というのが誰で、自分がいつその人と知り合いになったのか、まるっきり思い出せない。すごくやばい。俺、もしかして、健忘症にでもなったんやろか。戸惑う歌義の顔を見て、中野美晴が不安げな表情になる。

歌義は、真紀の小馬鹿にしたような顔を思い出し、無理矢理、顔の筋肉を酷使して「依頼人が安心できるような微笑み」を顔に浮かべるように努力した。

「えっと、とりあえず立ち話もなんですから、お話を伺いましょう。どこか、空《あ》いている応接室を探します」

「第二が空いてますよ」

高木が愛想よく言って、中野美晴を誘導する。歌義は心の中で舌打ちした。高木はとにかく手が早い。

「高木さん、忙しいのにありがとうございました。わたしがご案内しますので、どうぞお仕事に戻ってください」

歌義はしゃあしゃあと言ってやった。どういうわけか、こんな軽口を叩く時には完璧な標準語のイントネーションが使えるのだ。高木は、横目でからかうように歌義を見て、それではまた、と美晴に挨拶してエレベーターへと消えた。途端に歌義は弱気になった。東京の女はやっぱり苦手だし、今朝、大失敗をやらかした直後にまた女性の依頼人というのは、ついていない。高木がそばにいてくれた方がよかったかも知れない。もしまたこの女性をつまらないことで怒らせて、逃げられてしまったら、真紀にどんな皮肉を言われるかと思うと胃が痛くなりそうだ。

第二応接室は小さな部屋で、南向きの明るい窓の外に、東京の街並みが模型のように見えてなかなか楽しい。夜になると、この部屋から見る夜景はちょっとしたもので、それでいてどんな夜景ガイドブックにも載っていないので、かなり得した気分になれる。そのため、この部屋は、弁護士たちが残業をするのに大人気だ。今は初秋の午後なので、眼下の景色は、澄んだ秋の空にくっきりと細密画のように見えている。何もかもすべて、京都の方が好きだ、と思っている歌義でも、この特別な景色だけは、京都にいたのでは見ることができないな、と認めてしまう。

美晴にソファをすすめてから、内線電話をかけてアルバイトの女の子にお茶を頼んだ。美晴は行儀よく膝を揃えて座っている。

「えっと」

歌義は美晴の正面に座った。

「中野、美晴さん、でしたよね。……あの、お母さまからわたしのことをお聞きになった？」

「はい。母が一昨日《おととい》、電話で。それで、天の助けだと思って参りました」

「……お母さまは……えっと……中野……」

「中野ひさ子です。あ、でも、成瀬先生は母の名前は知らないと思います。母は、浅間寺先生のところで成瀬さんにお会いしたことがあるそうですが、名前とかは名乗らなかったと言ってました」

「浅間寺……先生のところ、と言うと、京都の久多の？」

「ええ」

美晴はにっこりした。

「浅間寺先生と同じ地区にうちがあるんです。母は、浅間寺先生のことが大好きで、手作りの和菓子とか煮物とか、毎日のように運んでます。たまたま成瀬先生が遊びにいらしていた時にも、お餅か何か、作って持って行ったことがあるんだそうです。その時の成瀬先生の食べっぷりがすごく見事で、あんなふうに食べ物をおいしそうにたくさん食べられる人なら信頼できる、と言ってます」

なんだ、そういうことか。事情が呑み込めて来て、歌義はホッとした。健忘症とか記憶喪失とか、そういうやっかいな事態に陥っていたわけではないらしい。確かに、浅間寺のところにふらっと遊びに行って仕事の愚痴をこぼしたことは何度となくあり、その時に、近所のおばさんが、餅菓子か何か作って持って来て、お相伴にあずかった記憶もある。ただ、そのおばさんがどんな人だったのかは憶えていないけれど……こんなに可愛い娘さんがいるならいると、一言、言ってくれたらよかったのに。なあ。

「浅間寺先生は、わたしの中学の恩師なんです。京都の公立中学で、もう十五年も前になりますが、新聞部の顧問をしていただきました。それ以来、なんとなくお世話になり続けてます」

「今は小説家なんですよね。ごめんなさい、わたし、小説ってあんまり読まなくて」

美晴は正直者らしい。

「でも母は、浅間寺先生のこと、ほんとに気に入ってるんです。あんなにいい人はいない、先生に手料理を喜んで貰うと張り合いがある、って。父は優しい人なんですけど、口下手で……母の料理は娘の贔屓目《ひいき》ですけど、おいしいと思います。父もそれは認めているんですけど、あまり褒《ほ》めないいんです。それで母は、褒められたくて、親しい人のところにせっせと料理を運んでしまうんです」

「……男って、なかなか、自分の奥さんに褒め言葉をかけてあげられないものかも知れませんね。わたしは結婚の経験がないのでわかりませんが」

「母もそれはわかってます。うちの親、夫婦仲、いいんですよ」

美晴は肩をすくめた。自分で言って、照れたようだ。

「浅間寺先生のことは父も、祖父母も気に入ってます。都会から来て山里に住み着いた人って、なんとなく信頼できないって祖父母は言ってたんですけど、今では浅間寺先生のファンです」

「先生はどちらかと言うと、田舎暮らしが似合うタイプですからね。あ、失礼、田舎だなんて」

「いいんです。本当に田舎ですもん」

「中野さんは、言葉、こっちの人みたいですね。わたしは言葉で苦労してるんですが」

「苦労？」

「いやまあ、関西弁っていうのは印象が強過ぎるんで、なかなか。中野さんは大学からこちらなんでしょう？」

「ええ、でも、母はもともと茨城の出なんです。父の兄が自動車事故で亡くなって、林業農家だった実家の跡継ぎがいなくなって、それで、父が故郷に戻ってあとをつぐ決心をして。母は、騙《だま》された、騙されたって愚痴ってます。結婚した時はまさか、あんな京都の北山の奥で暮らすことになるなんて想像もしてなかった、って。母もさすがに十五年経つと、地元の人の中にいる時は関西弁ですけど、こっちの実家、つまり母方の祖父母の家にたまに帰ると、すっかり関西弁が抜けちゃうんですよ」

「それは羨《うらや》ましいな、バイリンガルや」

「ええ」

美晴は朗《ほが》らかに笑った。

「わたしも、母みたいにころころ使い分けできるようになろうかな、って。関西弁は好きですけど、関西のアクセントが出ると、出身はどこだとか、いろいろ訊《き》かれるのがなんとなく面倒なんですよね……京都です、って言ったら、うわあ、いいところだねえ、なんて言われて。久多はいいところだとは思ってますけど、一般的に京都、ってイメージじゃないですものねえ」

美晴が話し好きで気さくな性格なのは助かった、と歌義は思った。これで父親同様に口下手な女の子だったら、肝心の仕事の話に行き着くまでに、気疲れでダウンしてしまうだろう。訛《なま》りのまったくない綺麗な標準語だと最初は思った美晴の言葉だが、喋《しゃべ》っているうちに、そこはかとなく関西のアクセントが顔を出す。やはり、関西弁ネイティヴの人間が、東京もんの振りをするのは大変なのだ。美晴は母親のことなどとりとめもなく楽しそうに話し続けていた。こんなに可愛い女の子がおしゃべりに夢中になっているのをこうやって見ているのは、実に楽しい。できればこのまま夜まで美晴のおしゃべりに付き合って、それで夜には、六本木ヒルズのレストランにでも誘ってみたい。などと夢想していると、お茶を運んで来たアルバイトの鈴木紀美江《すずききみえ》が、高木がやったのとそっくりな流し目で歌義を見た。歌義は、思わず咳払《せきばら》いして姿勢を正した。

「えっと、それでですね、中野さんがわざわざわたしを訪ねて来られたのは、弁護のご依頼があるということだと思うのですが」

歌義の言葉に、美晴も慌てて姿勢を正した。

「あ、ごめんなさい。ついつい、おしゃべりしてしまって。成瀬先生、聞き上手なんですね。なんだかとっても楽しくて」

こちらも楽しいです。何でしたら弁護の件はまた後日ということで食事でも、と言いたいのをぐっと堪《こら》えた歌義の方に、美晴が膝を乗り出して来た。

「わたしの友人を助けて欲しいんです、成瀬先生」

「なるほど、ご友人に弁護士が必要、ということですね」

「はい」

「ではその、ご友人のお名前から教えていただけますか」

歌義は仕事用のノートをひろげた。友人の名前が女名前であることをひそかに祈りながら。

「名前は……天野雅美《あまのまさみ》です」

……男か女か、わからんやないか。

3

「天野雅美さんは、わたしのバイト先の店長さんです」

「男性ですか」

歌義はつい、訊いてしまった。

「はい」

一瞬、目の前が暗くなった気がした。が、突然、自分にはまり恵という女性がいることを思い出す。別に中野美晴に恋人がいたって、目の前を暗くする筋合いの話ではないのだ。しっかりせいや、歌義。

「ば、バイト先とおっしゃると」

「エブリデイズ・アイスクリーム表参道店です」

歌義の頭の中に、ピンク色のふわふわしたものがたくさん浮かんだ。エブリデイズ・アイスクリームは関西にはまだ進出していないが、東京や横浜では大人気になりつつあるアイスクリームのチェーン店だ。店頭にいつも、ピンク色の風船がたくさん飾られていて、たまに店の前を掃除しているアルバイトの女の子の制服もピンクのワンピース、しかもミニスカート。それに白いフリル満載のエプロンという、そっち系オタクの妄想を膨張させそうなシロモノで、教育上どうなのだ、などと余計なことを考えさせられる。が、アイスクリームはとにかくおいしいらしくて、表参道の店などは、時間帯によっては行列が出来ている。歌義は中に入ってアイスクリームを買ったことはないが、ネットの情報などによれば、おいしいだけではなく、普通のアイスクリームと比較してかなり低カロリーであることも人気の秘密らしい。なんでも、豆腐だか豆乳だかおからだか、そんなものを混ぜてあって、乳製品を使っていないらしいのだ。和風の、細かく切った羊羹《ようかん》だとか寒天、干し杏《あんず》などがトッピングできたり、チョコレートの代わりに黒蜜をかけることができたりと、アメリカ資本のアイスクリーム・チェーンとはまるで違った味が売り物なのも、新しもの好きな東京人に支持されているのだろう。

歌義は、ピンクのミニスカートに白いエプロンの美晴を想像して、意味もなくどぎまぎした。

「あ、天野さんは、その表参道店の店長さん、なわけですね？」

「そうです。店長だけ正社員で、あとはみんなアルバイトで」

「中野さんは、そこでバイトされてどのくらいになるんですか？」

「入学してすぐからですから、もうそろそろ半年です。週に三回、火曜、水曜、土曜にバイトしてます。他の日は授業が多くて」

「正社員で店長ということは……三十代？」

「だと思います。詳しくは知りませんけど、大学を出て新卒で光陽《こうよう》フーズに入社して、最初はグランマミーの店長をしていたそうです」

そうか、エブリデイズ・アイスクリームとファミリーレストラン・チェーンのグランマミーとは、同じ会社だったのか。歌義は、そんなこと知ってましたが、という顔をとりつくろいつつ、自分の世間知らずを再認識した。

「一昨年、エブリデイズ・アイスクリームの一号店が横浜に出来た時、そこに副店長として派遣されて、それから銀座店、渋谷店とオープンに関わって、表参道店の店長になったそうです」

ファミレス勤務五年、アイスクリーム屋が三年目として、大学に現役合格して留年もなかったとして、三十歳か。うーん。美晴との年齢差は十歳くらい？　世間的にはそのくらいは珍しくもないが、しかし……

「天野店長は、離婚調停中なんです」

歌義はボールペンを落としそうになった。

既婚者なのかっ。こんなに可愛い女の子が、なんでよりによって不倫……

「お子さんがいらっしゃって」

しかも子持ちかよっ。

「このままだと、お子さんの親権も養育権も認められなくなって、いえ、お子さんに会わせて貰うことも出来なくなるかも知れないんです。わたし……わたし、話を聞いてすごく同情して」

……同情？

歌義はまじまじと美晴の顔を見た。少しの照れも恥じらいもない。つまり、かけらのやましさも持っていない。

同情。ほんまかいな。ただの同情、ほんまにそれだけ？

「つまりその」

歌義は態勢を立て直す為に咳払いをひとつした。

「バイト先のアイスクリーム屋さんの、店長さんが、離婚調停でお子さんの親権を認めて貰えないかも知れない状況にあって、中野さんは、その店長さんが気の毒だと思い、弁護士を探している、ということでよろしいんですね？」

歌義は、ノートに書き込むふりをして、言いにくい質問を口にした。

「ということですと……えっと、肝心なことはですね、その店長さんが、あなたがこうして弁護士事務所に相談にみえることを御存知かどうか、ということなんですが。つまりその……」

「わたしと天野店長との関係はどうなのか、ってことですね」

答える代わりに、歌義は続けて二回、空咳《からぜき》をした。クスッと美晴が笑う。

「あの、誤解されても仕方ないんですけど、わたし、天野店長とは何でもありませんよ。愛人とかじゃないし、不倫関係もないです。夕飯とかカラオケを御馳走になったことは何度かあるけど、いつも他のバイトの子も一緒です。というか、わたし、天野店長のことは、男性として意識したこと、たぶん、ないと思います」

歌義は美晴の率直な物言いに、逆にどぎまぎした。

「そ、そうですか。いや、それは……しかしそれではなぜ……」

「勉《つとむ》くんと仲良しなんです、わたし」

「……つとむくん？」

「お子さんです、天野店長の。もうすぐ五歳になるんですよ。店長、結婚が早かったし、できちゃった結婚だったらしいんです。一年近く前に、奥さんが家を出てしまってから、店長が勉くんをひとりで育てているんです。ほんとはいけないことなんでしょうけど、保育園が夏休みの間は、保育ママさんが迎えに来る時間までお店に一緒に来てました。勉くん、とってもいい子なの。わたし、すぐに仲良くなってしまって。正直、自分が子供好きだなんて思ったこと、なかったんですよ。でもなぜか、勉くんとは気が合うんです。この夏は、休憩時間のたびに『どうぶつの森』やって遊んでました」

「動物の……なんですか」

「ソフトです。ゲームソフト。わたしの村はおひさま村で、勉くんの村は、やまおく村なんです。勉くん、釣りがすっごく上手で、マンボウを何匹も釣ったんですよ」

マンボウという魚は、歌義が知る限りにおいては、四歳数ヶ月の保育園児が釣りあげられるような大きさだとはとても思えなかったが、テレビゲームだとかネットゲームの類《たぐ》いにはまったくうとい歌義は、わかったような顔で頷いているしかなかった。

「では、そのお子さんがお父さんと離れ離れになってしまうかも知れない、というのが心配で、あなたは自主的にこちらにいらしたわけですね。天野さんに頼まれたわけではない？」

「頼まれてはいません。でも店長、弁護士に知り合いなんていないしどうしたらいいんだろう、ってとても悩んでて。あ、でも、ごめんなさい、というか、大事なこと言い忘れてました。あの、わたし、離婚調停の結果はどうなってもいい、いえ、どうなってもよくはないんやけど、そうじゃなくて、問題なのは勉くんのことで、店長は絶対、つまらない嘘ついて勉くんを誘拐するような人やない、そんな人やないんです、あ、あかん、混乱して来ると関西弁が」

「深呼吸して。それから、いちばん楽な言葉でどうぞ」

歌義が待つ間に、美晴は素直に深呼吸した。すーっ、と息を吸うたび、よく成育した美晴の胸がふーっと膨れる。歌義は耳まで赤くなりそうでまた下を向いた。

「えっと」

美晴はちろっと舌先で唇を舐《な》める。無意識の行動なのだろうが、目の毒なのでやめて欲しいと歌義は思う。

「つまり……勉くんは、お母さんもお父さんも好きなんです。離婚なんかしないで、両親が元の鞘《さや》に収まってくれるのがいちばんです。そやけど、そんなこともう無理なんもわかってます。原因は知らんけど、店長と奥さんとはもう、お互い、愛情を感じてない、別れた方が憎み合わなくて済む、そこまでいってます。でも、両親とも勉くんのことは本当に愛してるんやと思います。お母さんが勉くんをおいて家を出たのは、どうしようもなくて、追い詰められた結果なんやて、天野店長自身もわかってます。……勉くんともう会えなくなるのは淋しいけど、仮に勉くんがお母さんに引き取られることになっても、あの子は可愛がられて、それなりに幸せになれると思います。そやからわたし、離婚の成り行きとか、結果として勉くんがどちらと暮らすことになるかとか、そういうことは、わたしが考えることやないし、どっちにしたって勉くんの幸せを願う以外に出来ることはないと思てます」

関西弁を口にしていくらか落ち着いたのか、美晴の言葉は滑らかになった。歌義は、自分よりずっと若い女の子が、文化の違いを乗り越える為に必死で努力していたのだ、という事実に、ひそかに心うたれていた。関西弁を捨てて無理に標準語をつかうことが正解だとはどうしても思えないが、少なくとも美晴は、自分が正しいと思う方法を自分で選択して、頑張っている。歌義の脳裏に、真紀の顔、言葉、そして、突然怒り出して依頼を撤回し、帰ってしまった顧客の目がよぎる。あの目にあったのは怒りだけではなかった。もっと別の、もっと切実な何かが、あったのではなかったか。

「ということは、離婚調停で天野さんの弁護士として仕事をして欲しい、ということではない、のでしょうか？」

「ええ、そうではありません。わたしはあくまで、他人です。天野さんの家庭の問題にかかわる立場やないと思っています」

「賢明なお考えだと思います。夫婦の問題、またお子さんがいらっしゃる場合の親権や養育権の問題というのは、どちらかが善でどちらかが悪、と、第三者が決め付けられるほど単純ではありません。なまじ、他人が口出しすると、こじれなくてもいいのにこじれてしまう、ということにもなりかねません」

「わかってます。でも……誤解から天野店長が悪者にされて、それでもし、親権どころか、勉くんと会うこともゆるされなくなってしまったら、あんまり可哀そうです」

「誤解……うーん、込み入った事情がありそうですね。細かくお訊《たず》ねするかも知れませんから、できるだけ順を追って、話していただけますか」

＊

「それはまずい」

高木は、あっさりと言った。

「離婚調停中に、子供を連れてトンズラしようとした、ってのは、ものすごくまずいな。無理心中を考えていたと家裁に判断されたら、親権も養育権も母親の方に行くだろうし、もう二度と、息子と二人きりにはさせて貰えないぞ、そのオヤジ」

「オヤジって、俺らとほとんどおない歳ですよ」

「結婚してガキがいるんだから、オヤジだろ」

「その親父ですか」

「そのオヤジもどのオヤジも、オヤジはオヤジだ。いずれにしても、母親のところに息子を連れて行く約束を破った上に、真夜中まで車でうろついていたってのは、言い訳できんだろう。あの可愛い子には気の毒だが、その天野なにがし、まじに息子と無理心中を考えてたんじゃないの？」

「せめて車にＥＴＣがついてればなあ。そしたら、首都高を走ってた時間も特定できるのに」

「ついてないの」

「ないらしいです。天野氏の車は中古のカローラで、色は白」

「そんなもん、そのへんに石投げたら当たりそうじゃないか。なんでそんな没個性な車を選ぶかね。もっとド派手で目立つやつに乗ってれば、料金所の係員が記憶してるって可能性もあったけどなあ」

高木は鴨南蛮の汁を旨そうにすすって、ふはー、と息を吐く。歌義も鴨南蛮は大好物だ。が、高木に連れられて入った蕎麦屋でお品書きを見た瞬間、反射的に歌義は、たぬきそばを注文していた。たぬきそばは七百円。対して鴨南蛮は、なんとびっくり、二千五百円。

東京の女はすかん、けど蕎麦屋はもっとすかん、と歌義はやり場のない怒りを腹に収めた。七百円だって、ただ天かすをのせただけのかけそばにつける値段としてはかなり大胆だ。京都でたぬきと言えば、胃に優しい汁あんがたっぷりとかかった、満腹感のある一杯なのに。しかも薬味のネギが白い。これは何とも赦《ゆる》し難いという気がする。薬味のネギは緑色をしているものである。

「時間の問題を確認させてくれよ」

高木は、鴨南蛮の汁を飲み干すと、歌義のノートに顔を近づけた。調子のいいちゃらちゃらした男ではあっても、仕事の面では極めて有能であるのが高木のよいところだ。

「その日、えっと、八月十三日か、日曜日だな。天野咲子《さきこ》、これが女房ね、咲子は新宿区市谷《いちがや》のマンションで、息子の勉を夫の天野雅美が連れて来てくれるのを待っていた、と。約束の時間は午後十時。一方、雅美は、八月十日から十五日まで夏休みで、十日から八ケ《やつが》岳《たけ》に勉を連れて遊びに出かけていた。十三日の朝、八ケ岳のペンション・テディベアを出発。このテディベアは天野雅美の友人が経営、ね。で、ペンションを出てから、牧場に行き、アウトレットで子供服を買い、ついでに咲子への手土産にブラウスを買って……離婚調停中だってのに、お優しいことで。昼飯を食い、中央自動車道で八王子まで来て、そこで降りて国道十六号を……おい、なんで直接、四号線で都内に入らなかったんだ？」

「天野雅美の実家が相模原《さがみはら》なんです。そこに寄って、孫の顔をおばあちゃんに見せたらしいです」

「なるほどね。で、相模原を出たのが夜七時過ぎか。晩飯も実家で済ませたってことか」

「十三日はまだ、中央道は上下とも渋滞してたそうです」

「まあそうだろうな、盆休み真っ最中だし。十六号も混んでたろう。とにかく七時に相模原を出て、問題はそれからだな？　天野本人は、東名の横浜町田から入ってそのまま三号線を使い、渋谷で降りたと言ってるわけだが、それで勉が市谷に到着したのが午前零時過ぎじゃあ、そりゃ疑われるよな」

「渋滞がなければ横浜町田から渋谷まで二十分かそこら、渋滞にひっかかったとしても、一時間みたら着きますね」

「大事故にでも巻き込まれれば別だが、十三日に東名の横浜町田から三号線にかけて、そんな大事故があったって記録はないんだろう？」

「ありません」

「じゃ、どんなにかかっても、相模原から市谷までせいぜい二時間、大まけにまけて三時間。七時に出てるんだから、十時には着く。そもそも、この言い訳があまりにも嘘臭いんだよね。頭痛がしたので車を神宮脇の団地の通りに停《と》めて薬を飲もうとしたら意識がなくなって、気がついたら真夜中近かった、っての。つまり車の中で気絶していたってこと？　子供はどうしてたのさ、その間」

「寝ていたそうです。いつも九時には寝てしまう子だそうで、旅の疲れもあったろうし、おばあちゃんちでめいっぱい腹に詰め込んでたみたいで、父親が言うには、東名を走り出した頃にはもう、後部座席から寝息が聞こえていた、と」

「ま、四歳じゃそんなもんか。子供は証人にならないわけだな。で、気絶してたってことは、脳に異常があったか何か？　それとも貧血とか？」

「天野氏は、このことがあってすぐ、病院で脳波をとったり心電図とったりして調べてますが、血圧が少し高い他は、異常はみつからなかったらしいんですよ」

「まだ若いのに、脳梗塞でもないだろうしなあ」

「医者は、定期的に脳波の検査をしろと言ってるらしいですけどね。しかし奥さんサイドは、気絶していたということそのものが嘘だと」

歌義もたぬきそばを最後の汁一滴まで腹におさめて、ふー、と息をついた。午後三時半という時間のおかげで、店内に他の客の姿はない。白い前掛けをかけた母親みたいな歳の女性が、冷たい麦茶のお代わりをくれる。そばは食い終わったが、もう少し粘っても構わないだろう。

「そりゃ、思うよな、嘘だって。相模原を出てから、ふらふらと車を走らせて死に場所を探していた、俺だってそう思うよ」

「天野さん、結婚する前に鬱《うつ》病で精神科に通院していたことがあるんですよ。それもまずいです」

「まずい。超まずい」

こんな会話で、いい歳こいて、超、なんて使うなや、と歌義は呆《あき》れる。高木はまったく気にしない。

「ファミレスの店長て、ものすご、ストレスたまる仕事らしいっすね。鬱病になる人がけっこう多いんだとか。でも天野さんの通院歴はわずか半年で、ちゃんと治ってるし、それからは一度も、抗鬱剤とか飲んでないんですよ」

「睡眠障害は。あるだろう、忙しい都会人なら」

「それは……あるみたいですけど。でも市販の睡眠導入剤でしのいでるそうですから、重症やないです」

「それでも薬に頼ってることは事実だ。睡眠障害から鬱病、自殺、ってのは、いちばんよくあるパターンらしいぜ。この流れで、女房側が息子の命にかかわるって騒ぎたてるのは、神経質過ぎるとは言えないだろうな。子供が可愛いなら可愛いほど、残していくのが不憫《ふびん》で淋しくて、一緒に連れて、と思うだろうし」

歌義は溜め息をついた。

「……やっぱり天野氏は嘘ついてるんですかね。中野美晴さんの話では、そんな嘘をつくような人ではない、そうなんですが……」

「この場合、嘘をつくのがいちばん思いやりのある行動なのさ。妻が幼い子供を置いて出て行って、男がひとりで子育てしてたんだろう？　しかも新しいアイスクリーム・チェーンの支店開業に次々と携わって、目玉とも言える表参道支店の店長になって、仕事の忙しさは想像を絶するほどだったろうし、ストレスもたまる一方だったろう。よく寝られなくなって、からだはくたくたで、子供は泣いたりぐずったりするだろうし、もう死にたい、と思ったとしても、意気地なしだと責めることは誰にもできないよ。で、実家で母親に息子を会わせたのは、たぶん、最期のお別れのつもりだったんだ。実家を出て、奥多摩あたりにでも車を走らせ、死に場所を探した。でも決心がつかなかった。やっぱり死ぬなんて駄目だ、息子の為にも頑張ろう、とようやっと思い直して車を飛ばし、妻のところに息子を送り届けた。妻は死ぬほど心配してる。いさかいになれば息子がまた心を痛める。とりあえず、急病で意識がなくなったことにして乗り切ろうとした。……ほら、ちゃんと辻褄《つじつま》は合う。この、流れ星、ってのはなに？」

「ああ、それですか」

歌義は、ノートに自分がメモした文字を見た。

「天野氏にとっては不利な証言を、勉くんがしてるんです」

「勉くんって息子？　寝てたんじゃなかったの？」

「寝てたんですけどね、時々、目を覚ましてたみたいなんですよ。うつらうつらしてる時に、車が急に減速したり加速したりすると、からだがつんのめったりするんで目が覚めることもあったんでしょう。チャイルドシートに固定されてたんで、目が覚めてもまたすぐ寝たらしいけど。で、ふと目が覚めた時、車の窓の外に、流れ星がたくさん流れてて、ものすごく綺麗だった、そう言ってるんです」

「流れ星？　あちゃー。それは致命的じゃないか。十三日はなんとか流星群が見えたわけじゃないんだろう？　東京を車で走ってて、流れ星が綺麗に見えたりするもんか」

「でもお盆の時は、東京も空気が澄んで星はたくさん見えるそうですやん。ネットで調べたらそんな記述も」

「いくらいつもより空が綺麗だからって、星が流れるのがいっぱい見えたりはしないよ。天野の言ってることがほんとなら、車は東名から三号線、渋谷から外苑前あたりを通ったんだぜ。人家がまばらな場所じゃない、それどころか、夜通しいろんな広告だのなんだの、ぎんぎらとライトが照ってるとこばっかりだ。かろうじて横浜町田から用賀あたりまでは、多摩川の河川敷を通るから住宅密集地ばかりでもないけど、東名の照明だけでも相当明るい。よっぽど視力がよくても、走ってる車窓から空の星を見るのは大変だよ。三号線に入れば高速の両脇に、背の高いビルやマンションがぎっしりだ。盆休みの日曜日だから会社なんかは休みで、いつもよりは窓のあかりは少なかったかも知れないが、それでも真っ暗ってことはない。ねぼけまなこの子供が、流れ星をたくさん見つけられるような状況じゃないよ」

「夢だったのかも」

「まあな、それはあり得る。夢の中で流れ星を見て、それを現実と勘違いしてる、それならわかる。わかるけど、それで天野が有利にはならない。天野のカローラが三号線から神宮まで、八時から九時台に走ってた、って証拠がない以上、天野の言葉は限りなく嘘臭い」

「絶望的ですか」

「絶望的だなあ」

歌義と高木は蕎麦屋を出た。

敗北感に打ちひしがれて、歌義は高木と別れ、事務所のあるビルに向かって歩いた。

弱り目に祟《たた》り目。清州真紀が、女性と談笑しながらビルを出て来るのが見えた。しかも談笑している相手は、今朝、自分を馬鹿にしている、と激怒して帰ってしまった歌義の顧客だ。歌義は隠れたくなる気持ちをぐっと堪《こら》えて、歩調を速めた。嫌なことは早く済ませるに限る。

目礼して二人をやり過ごそうとしたのに、真紀はゆるしてくれなかった。

「あ、ちょっと、成瀬先生」

わざわざ呼び止める。どこまでもすかん女や。

「今、杉田《すぎた》さんとよく話し合って、もう一度、調停の代理人を引き受けさせていただくことになったんですよ」

顧客の杉田夫人は、怖い目で歌義を睨《にら》んだままでいる。

「そ、そうですか」

歌義は深く頭を下げた。

「本当に今朝ほどは失礼いたしました。もう一度、あさかぜ法律事務所に依頼していただけるとは、感謝にたえません。清州先生は大変に優秀な方ですから、わたしよりも適任やと思います」

「あら、何を言ってるんですか」

真紀が歌義の背中を、どん、と叩いた。

「杉田さんは、またあなたにお願いしたいとおっしゃってくださったんですよ、成瀬先生」

「……は？」

「わたしが短気でした」

杉田夫人は、まだ怖い目のまま言った。

「清州先生から、成瀬先生がまだ京都から出ていらして間も無い、とお聞きしました。それでしたら詭りがあるのは仕方ないですわね。ですけれど、わたし、人生のいちばん重要な事柄をお任せするわけですから、少しでもふざけた態度をとられるのは我慢できませんの。真剣にやっていただきたいんです。あなたのように、若くしてこんな大きな法律事務所で働いているエリートの弁護士さんにはおわかりにならないかも知れませんけど、これからわたし、離婚して、女ひとりで生活していかなくてはならないんです。お金のことばかり言って意地汚い女だと思っていらっしゃるんでしょうけど、女がひとりで暮らすのに、お金は大事なんです。いくらあってもあり過ぎるということはないんです。それだって、理不尽な金額を要求するつもりはありませんのよ。わたしが求めているのは、法律で保証されている、財産分与です。きっちり半分だけ、あの男の資産を分けて払って貰えばそれでいいんです。どうせ金が目当てで結婚したくせにとか、強欲な女だとか、お腹の中で何を思っていただいてもそれはあなたのご自由でけっこうですけれどね、へらへら薄笑いを浮かべて、漫才みたいな喋り方して、そういう不真面目な態度をされると、相手の弁護士につけ込まれるんですよ。それが困るんです。清州先生から、成瀬先生は離婚調停の達人だし、決して不真面目な方ではない、と伺ったので、もう一度だけ、お願いすることにしました。ですから、どうか、しっかりやってくださいな。あの男の資産をきっちり半分、払わせることができれば、おたくの事務所にお支払いする謝礼金だってかなり多額なものになるんですから。ではわたくしはこれで。ごきげんよう、清州先生」

杉田夫人は言いたいことだけ一気にまくしたて、真紀に会釈して、ものすごい早業《はやわざ》でタクシーをとめて乗り込み、風のように去ってしまった。歌義には一言の弁明の機会も与えずに。

「俺、へらへら笑ってますか」

歌義は少なからずショックを受け、真紀に訊いた。

「そんなつもり、ないのになあ。確かに、桑沢先生のところにいた時は、あんな金持ちの奥さんの依頼を受けたことなんかなかったけど、だからって、差別してるつもりはないし、ましてや馬鹿になんかしてないのに……」

「どうかな」

真紀は意地悪な笑みを顔に浮かべている。

「ほんとに差別してない？　かけらも馬鹿にしてないって、大声で言える？　正直に言いましょうか」

真紀は、クスクス笑った。

「あたしはね、杉田さんのこと、あまり好きじゃない。馬鹿にしてまではいないにしても、同じ女として、尊敬できるとは思えない。彼女の旦那さん、サイバースカイ・パークっていうネット関連企業の社長よ。小さなベンチャーだったのに、ＩＴバブルの波に乗って上場、一気に億万長者。ＩＴバブル崩壊の時は倒産の危機までいったらしいけど、第二の波に乗って、また調子よくなっちゃったみたい。資産の半分よこせって言ってるけど、その資産ってのが百億か二百億か、とにかくあたしたちの想像を超える金額なのは間違いないわ。現実問題として、いくら夫婦の財産は共有が原則って言っても、半額ぶんどるのなんて不可能でしょうね。彼女もそれはわかってる。わかってて、それでも半額にこだわってるのは、内心まだ、離婚はしたくないからかも知れない。まあ人の心の底までは見通すことなんてできないけど、いずれにしても、騒ぐだけ騒いで泣いて喚《わめ》いて、それで夫に仕返ししようとしてることは確かよ。はっきり言って、そういうのってさ、みっともないと思う。あたしは好きじゃない、そういう女の生き方って」

「清州先生……」

「待って。あたしの話、聞いて。そう、本心ではあたしも、あの女性のこと、蔑《さげす》んでる。だからあなたのこと、あれこれ言う資格なんてないわ。でもね、大事なことは、あたしは自分の気持ちをあの人に悟られないよう、できる限り、めいっぱいの努力をしてる、ってことなのよ。あなた、関西人であることを誇りに思ってるでしょう？　東京なんかより京都の方がいい町だって思ってるでしょう？　うどんの汁が黒いのは野蛮だと思ってるでしょう？　阪神タイガースが好きでしょう？」

「いや、俺、オリックスのファンですけど」

「なんでもよろしい、とにかく巨人は嫌いでしょ？」

「ええ、まあ。イ・スンヨプは好きですが」

「あなたのそのプライドはとても大事よ。人間、出自に関して誇りを失ってしまうと、根っこがなくなっちゃう。どこで生まれてどこで育ったのか、それを他人から隠す人生は哀《かな》しいわ。あなたが関西弁を使い続けたいなら、使い続ければいいと思う。それは悪いことじゃない。でもね、杉田さんの耳には、あなたのその言葉が辛《つら》く、醜《みにく》く響いた。そのことは忘れたらいけない現実なのよ。でも、どうしてだと思う？　杉田さんがほんとに、関西弁が嫌いだからだと思う？　あなた、自分はへらへらしていたか、とわたしに訊いたわよね。なぜ訊いたの？　自分は絶対にへらへらなんかしてない、って自信があれば、そんなことわざわざ他人に訊いたりしないでしょう？」

「俺……でも」

「杉田さんは今、とても敏感になっているのよ。自分のしていることがみっともないことだって、誰よりもよく自分で知ってるから。彼女は、自分でも恥ずかしいのよ。そして辛いの。だから、誰かにあらためて責められるのは耐えられないの。あなたは無意識だったかも知れない。悪気なんかなかったのかも知れない。でも、あなたの心がちょっとでもゆるんでいたからこそ、彼女はそれを敏感に察した。いい？　あなたは、杉田さんに信頼して貰えるように、できる限り、めいっぱいの努力をしたと言える？　関西人なんだから関西弁で話すのは当たり前。でもね、ここは東京なの。だったら、関西弁に耳が慣れていない人にどんなふうに聞こえるものなのか、そこまで考える、そのくらいの繊細さが、離婚調停みたいな仕事には必要じゃないだろうか。そんなふうには思えない？」

歌義には、返す言葉がなかった。悪気はなかった。決して、杉田夫人を傷つけたいとも思っていなかった。それは確かだ。だが、心の奥底では、金に固執するあの女性の気持ちが理解できないと思った。いやもっとはっきりと……あんな女性とは結婚したくない、なんて考えた。そう、考えた。

伝わったんや。

歌義は唇を嚙《か》みしめた。

自分のその、冷たい気持ちがあの女性には、感じとれてしまった。だから嫌われた。怒られた。怖い目で睨まれた。

「彼女の夫には愛人がいるわ。芸能人よ。しかも若い。彼女が結婚した時、その夫はまだ、貸しビルの一室でパソコンにかじりついている、ＩＴベンチャーの駆け出し社長だった。利益なんかほとんど出なくて、運転資金を消費者金融から借りたこともあったそうよ。ずっと共働きで、彼女は市場リサーチ会社の電話オペレーターだったんですって。毎日毎日、見知らぬ家に電話して、迷惑がられ、うるさがられ、怒鳴られたり罵倒されたり、耳元でガチャーンって受話器を叩き切られたり。彼女ね、夫が太ってる女が嫌いだって言ったから、太りやすい体質なのに食べたいものも我慢して、あの体型を保って来たんですって。なのに、夫の愛人は、おっぱいがEカップなのが売り物なのよ。まったく笑っちゃうわ、って言いながら、山盛りスパゲティをおいしそうに食べてたわ。そして食べながら、今の話、あたしにしてくれたの。こちらが口を挟む間もないくらい一気に、パーッと、吐き出したの。成瀬くん、あなたにもわかるでしょう、想像できるでしょう……彼女は辛いのよ。心が痛くて痛くて、死にそうに辛いのよ。世界中の男という男が自分を傷つけようとしている、そんなふうにしか感じられないのよ。弁護士はね」

真紀は、歌義の目をまっすぐに見据えた。

「仕事を引き受けた以上、世界中のすべての人間が敵になっても、たったひとり、弁護する人間の味方でいないとならないの。本心がどうかなんて関係ない。真心だとか誠意だとか、そんなものも関係ない。ただただ、依頼人の、顧客の心の鏡に、どんな姿で映っているのか、それが問題なの。味方だと映っているのか、それとも、敵に見えるのか。味方だと映れるよう、信じて貰えるよう、精いっぱい努力する。その為だったら、プライドだって捨てるかも知れない。そのくらいの覚悟がないと、アカの他人に信頼して貰うことなんてできやしない。そう思わない？」

歌義は、黙って頷いた。なんだか泣けて来そうなくらい、胸が痛かった。

桑沢先生の事務所では、誰が見ても困っている人、気の毒な人の為に働けばよかった。それは、儲からないけれど、ある意味、楽な仕事だったのだ。自分の良心は心地よいし、達成感も得られ、その上、感謝される。正義の味方になった気分が味わえる。でも、それだけでは駄目なのだ。駄目だと桑沢先生も思ったから、あさかぜ法律事務所で働けと言われた。

杉田夫人の心の痛みが想像出来るようにならなければ、決して、一人前の弁護士にはなれない。

完敗だ。清州真紀は、すべてにおいて、自分よりもずっと立派に、弁護士だ。

「なんて顔してるのよ」

真紀はまた、意地悪な笑いを漏らした。

「すっごい顔。まるで地獄におちてこれから閻魔《えんま》様の裁きを待ってる、って感じ。そんな不景気な顔で事務所に戻らないでよね、お客が不安になって逃げちゃうわ。あ、そうそう。あのね、謝《あやま》っておくけどあたし、立ち聞きするつもりはなかったのよ。でも第二応接室って、資料室の隣でしょ。あなたが中野さんって人と話をしている間、あたし、隣の資料室で判例を調べてたの。それでその……あそこ、パネルで仕切ってあるだけだから、よく聞こえちゃって。……あのね、これ」

真紀は、小さな写真を一枚、バッグから取り出して歌義に手渡した。

「ほんとに偶然よ。成瀬くんってやっぱり、強運の持ち主ね。そんな気がしてたけど。これ、バイトの尚美《ひさみ》ちゃんがケータイで撮ったやつ、プリントしてくれたの。よく撮れてるんで本の栞《しおり》代わりにしてたもんだから、毎日、目にしてたのよ。だから、もしかしたらと思って」

写真には、事務所の窓のところに真紀と他に何人か、あさかぜ法律事務所で働く人たちが笑って写っている。夜で、なぜか部屋のあかりは消されているらしくフラッシュがたかれ、窓枠の向こうには……花火《はなび》の丸い輪が咲いていた。

「八月十三日。東京湾大華火。ほんとは十二日だったのに、十二日が雨で翌日に延びたのよね。たまたまあたしたち、仕事で事務所にいたから。これ、ほんとに思いつきだから、調べてみないとわからないんだけど……この花火、お台場で打ち上げなの。で、もしかしたら……三号線の上からなら、見えたりするんじゃないかな、と思って。……流れ星がいっぱい見えた、って、勉くんは言ってたんでしょ？」

4

「それやったら、歌やん、あんたもちゃんと活躍したやんか。ほんまにその、三号渋谷線たらゆう高速道路の上からお台場の花火が見えるかどうか、調べるの、大変やったんやろ?」

「はあ」

歌義は、受話器の向こうから聞こえて来る浅間寺の、のんびりとして温かな声に涙が出そうになったのを必死でこらえた。

「同僚の高木弁護士の車に乗せて貰《も》ろて、おんなじとこ、七往復しました。そんで、花火が見えそうなマンションをチェックして、一棟ずつあたって」

「えらいこっちゃなあ。よう見つかったな、花火をビデオに撮ってた人が」

「運が良かったんです。けどセンセ、そやからゆうて、勉くんが見たのが花火やったゆう証拠になるわけやないんですよ。調停はこれからが本番です。向こうが納得せんかったら、振り出しに戻ります」

「戻らんやろ。あんた、戻らんゆう感触、摑《つか》んでるんやないか? なんや、声に自信が感じられるで」

歌義は思わず、へへへ、と笑った。

「たぶん、養育権は奥さんのもんになると思います。奥さんも仕事が見つかって、ちゃんと暮らしてるし、子供がまだ小さいから、母親の方が有利でしょう」

「親権は微妙やな」

「はい。そやけど天野さんは、ほんまのところは、親権にこだわってるわけやないんです。ただ、離婚しても、勉くんと定期的に会いたい。入学とか卒業とか、結婚とか、そういう人生の節目には、父親だと認められて勉くんを祝福してやりたい。その権利だけ確保したい。それだけを心から望んでます。勉くんを道連れに無理心中するかも知れないなんて汚名だけはそそぎたい、それがすべてなんやと思います」

「その汚名はそそいでやれそうやな」

「はい。ところでセンセ、美晴さんのこと、前もって教えといてくれへんから、いきなり事務所に訪ねて来られてむちゃくちゃ焦《あせ》ったやないですか」

「いや、すまんすまん。まさか、美晴ちゃんが歌やんに相談せなあかんようなこと、そんなにすぐに起こるとは思ってへんかったんや。また何かの機会にメールに書けばええか、と思てた。そやけど、東京も捨てたもんやないなあ。高いビルばっかりで、花火なんかあげてもちょっと離れたら見えへんのやないかと思うたけどな」

「たまたま三号線から東京湾の方向へは、住宅地が続いてて、ビルの合間に花火が見えるとこがあったんです。けどやっぱ、花火は琵琶湖がいちばんです。センセ相手やから弱音吐かして貰いますけど、東京はすかん。早くそっちに帰りたい」

「あほ。まだ行ったばかりやんか。腰すえて、五年は頑張らんかい」

ない。

「五年もですか。無理や、絶対」

歌義は、受話器の奥でワンワンと挨拶しているサスケに気づいた。

サスケの声まで、自分を励ましているように聞こえる。実際、励ましているのかも知れない。

花の東京で一旗揚げて、偉くなって戻って来いよ、なんてな。それとも単に、早く電話を切って、餌をくれ、と言うてるんかな。

「お、あかん、サスケに晩飯やるの忘れとった。ほならもう切るで、歌やん。ま、しっかりやんなさい。ほんじゃ、な」

電話が切れる寸前、サスケの喜びの咆哮《ほうこう》が聞こえた気がした。受話器を置いて、歌義は、腹を抱えて、笑った。

泥んこ泥んこ

1

異変に気づいたのは、目覚ましのベルが鳴る三十分前だった。

なんで目が覚めたんやろ。

成瀬歌義は、手を伸ばして引き寄せた目覚まし時計のデジタル数字が、間違いなく六時半を示しているのを確認して、眉を寄せて考えた。いつもならば、ベルが鳴っても一度くらいでは目が覚めたりしないのに。昨夜《ゆうべ》、ベッドに入ったのは午前二時を過ぎた頃だった。四時間半も経っていないのに自然と目覚めるなんて……変や。

天井を見上げたまま、尿意をもよおしていることを自覚する。このせいか？　けど、ションベンがしたくなるゆうのは毎朝のこっちゃで。

ま、えっか。

歌義はベッドから起き上がった。

遅刻するよりは早く起き過ぎる方がましやし。あれっ？

つ、つめたっ！

なんやこれっ！

歌義はベッドから一度おろした足を持ち上げた。足の裏が濡れている。慌てて床を見る。途端に、一瞬、血の気がひくほど驚いた。フローリングの床が水浸しだった。見上げると、天井からぽたぽたと水滴が落ちている。

「水漏れや！」

歌義は寝巻きのまま部屋を飛び出した。

＊

「それでですね」

歌義はしどろもどろになりそうな口を懸命に動かして説明を終えた。

「間に合わなくなりました。まことに申し訳ありませんでした」

ぺこりと頭を下げたが、その頭を元の位置に戻した時にもまだ、清州真紀のつんとした顎《あご》は上を向いたままだった。ほんま、タカビーな女や。こんな女を恋人にしとったら苦労するやろなあ。

「遅刻に言い訳は必要ないわ」

真紀は氷のような声で言った。

「わたしが訊きたいのは、今朝するはずだった明日の裁判の打ち合わせをどうするつもりなのか、それだけ」

「ですからえっと、皆さんの都合をもう一度すりあわせていただいて」

「誰が？　誰がすりあわせなんかするの？　わたし？　なんでわたしが、あなたの遅刻の尻拭《しりぬぐ》いなんてしないとならないの？」

「いえ、自分がします。皆さんに連絡しまして、もう一度スケジュールを」

「当然よ。って言うか、遅刻しますって電話して来ただけで、自分の穴をどう埋めるか説明もしなかった、っていうのがそもそも信じられない。マンションで水が漏ろうと槍《やり》が降ろうと、それがあなた以外の人に何の関係があると思ってたの？　どうしても遅刻する、それはそれで仕方ない、だったらあなたがいないとできなかった部分の打ち合わせをいつ行うつもりなのか、まずはそれを打診するなり、そちらの希望を言うなりすべきでしょ？　あなた、わかってないみたいだからもう一度だけ言うけど、相模《さがみ》事件の弁護団に加われたってだけでも、あなたのキャリアでは異例のことなのよ。うちの事務所からはわたしだけ参加の予定だったのに、所長が、いい勉強になるから成瀬も加えて貰うよう頼んでくれって言うから、報酬なしであなたも弁護団に入《はい》れるようにとりはからったんだから。いい？報酬なし、なのよ。つまりね、あなたがタダ働きかどうかが問題なんじゃなくて、あなたが相模事件の仕事をしている間は、あなたの穴を誰かが埋めないとならない。うちとしてはその分、損失を出してるのよ。それでもあなたに勉強させたいっていう所長の温情に対して、あなた一体、どう思ってるわけ？」

歌義は、ブリザードのような真紀の糾弾を必死に神妙な顔で受け止めながら、心の中でぶちぶちと反論を試みていた。もちろん、声には絶対に出さず、顔でさとられることすらないように気をつけて。

確かに、遅刻した言い訳など見苦しいだけだし、うちのマンションの水漏れが弁護団の他の弁護士に無関係なのはその通りだ。だが、と歌義は憤然と思う。俺かて、仕事に穴開けたらあかんゆうことはちゃんと考えた。そやからまずあんたのケータイに電話したんやんか、相談しよ思て。そやのにあんたのケータイ、電源が入っていないか電波の届かないところにあります、言いよったんやで。ほんで仕方なく、弁護団の中で唯一、俺がケータイの番号知ってた稲村《いなむら》さんに電話したんや。俺がいないと進まない部分については、明日の午前中にでも話し合いさせて貰いたい、明日、地裁に行く前にうちとこの事務所の会議室でどうですか、ゆうて。ほしたら稲村さんが、わかりました、じゃあ僕から皆さんに打診しておきます、ゆうから、安心しとったんやないか。それにしても稲村さん、ひどいなあ。せめて俺から連絡があったゆうことだけでもこの女に話しといてくれたらよかったのに。あの人、見た目はカッコイイけどかなりお調子もんちゃうかな。なんとなく、うちの高木敬次に似たタイプやなあ、あの人……

「あなたにはいくら言っても無駄みたいね」

真紀はパシンと音をたてて開いていたファイルを閉じた。

「こういうの、カエルのつらになんとか、って言うのね。成瀬くんって、もう少し素直で素朴な人なのかと思ったけど、買いかぶりだったみたい」

「あの、どういう意味ですか」

「別に。ただわたしの言うことなんか馬鹿らしくて聞いてられない、って、その取り繕《つくろ》った神妙な顔にちゃんと書いてあるってだけよ。とにかく、弁護団の人たちにはあなたから連絡をとって、明日の集合時間を決めてちょうだい。そのくらいはできるでしょ。あ、わたしは明日、九時に来客の予定があるから、そうね、十時半以降じゃないとだめね。開廷が明日の三時だから、昼ご飯食べながらの打ち合わせってことになりそうね。うちの会議室使うなら、事務の夢子《ゆめこ》ちゃんに言えば仕出し弁当用意してくれるから」

歌義は、半ば呆気《あっけ》にとられて真紀が去って行く背中を見つめていた。

なんで東京の人間はどいつもこいつも、こんなにせっかちなんや。人の話くらいゆっくり聞いたらんかい、いつもいつも、話が終わってへんのに遮《さえぎ》って喋くりよってからに、ほんま、腹立つ。

上京してはや半年。弁護士としての仕事そのものは、自分でも意外なほど順調で、致命的ミスはしていない。事務所が引き受ける仕事の八割が企業関連で、収入の柱は顧問弁護料、個人の依頼人はみんな金持ち、というこの環境で、自分がどこまでやっていかれるのか限りなく不安だったのだが、民事裁判は示談交渉が腕の見せ所で、判決までもつれ込むことの方が少なかったせいもあって、周囲の先輩たちにサポートされておおかたのコツを摑んでしまうと、後は粗相《そそう》のないように無難にまとめる努力だけでも、あらかたのカタはついた。どうしても歌義の経験値では手に負えないケースになれば、百戦錬磨の「示談のプロ」たちがすぐにバトンタッチしてくれる。そうなったら歌義は、さっさと後ろにまわって先輩の職人芸を見物し、その技を学習すればいい。この事務所では、失敗、はゆるされない。歌義が京都で勤めていた事務所の感覚からすれば、法外、とも言えるほど高額の弁護料を依頼人からむしり取る以上、敗《ま》けました、ごめんなさい、では済まないのだ。だから、事務所の誰が担当している案件であっても、形勢が不利になって来ると、ちゃんと専門家がフォローしてくれる。仕事における達成感、のようなものは薄くなるが、依頼人にとっては弁護士の達成感よりも結果が重要なのは言うまでもないことで、歌義は、弁護士として、依頼人の役に立つ、ということの現実を数多く体感し、裁判でのシロクロだけが「結果」ではないのだ、と身をもって知った。世の中、金で解決すること、の方が、解決しないことよりも多いのだ。そして、ある意味、金で解決する為に弁護士は存在する。

歌義は、東京に出て来て、こうした仕事をこなす経験を得たことには満足していた。京都で人権派と呼ばれる弁護士のもとで、刑事裁判ばかり扱っていたのでは、こうした世界を理解することは出来なかっただろう。お題目だけの正義よりも、ほとんどの場合、助けになるのは金である。依頼人の為に一円でも多く金を得る、それは決して、蔑むようなことではない。

なので、仕事に文句はない。しかも、新聞の一面をにぎわすような大きな事件の弁護団に加えて貰うチャンスまで得られた。あらゆる意味で、自分は幸運な男なのだ。

が、半年かけても慣れないもの、どうしても馴染めないものが、東京の「スピード」である。東京では何もかもが速い。人の喋り方も、歩き方も、仕事の進め方も、この頃では裁判の進行状況までもが、世論に押されてスピードアップしている。それはもちろん良いことだ。が、だからって喋ったり歩いたりするのにそんなにしゃかりきになってスピードをあげなくてもいいのに、と思う。それとも、この事務所の人たちが飛び抜けてせっかちなんだろうか。特に真紀にいたっては、何かの強迫観念にとりつかれているのではないかと疑いたくなるくらい、日々、前につんのめりそうになって生きているように見える。

遅刻したのは自分が悪い。それを正当化するつもりなんてハナからない。けれど、事情を説明することは必要なプロセスではないのか。言い訳を聞いてる暇はない、と釈明を遮って、それで俺とのコミュニケーションが断絶することに対しては、彼女は何とも思っていないのだろうか。

別に、水漏れに遭《あ》ったことを同情してくれと言っているわけじゃない。水漏れに遭ったんだから遅刻しても当然だと開き直るつもりもない。ただ、水漏れってのは他人事《たにんごと》でもちょっとした事件なんだから、それを話したいと思うのは当事者の俺にとっては当然の心境だし、聞くほうにとってだって、そんなにつまらない話題だとは思わないんじゃないか。それとも、東京の人間というのは、そんなに他人の生活について見聞きするのが嫌いなのか。

「水漏れですかぁっ！」

背中から素《す》っ頓狂《とんきょう》な声を浴びせられて、真紀から受けた冷たい仕打ちに意気消沈していた俺は、びくっと背中を震わせた。こんなとんでもなく調子っぱずれな声を出す人間は、この事務所にひとりしかいない。棚橋紗理奈《たなはしさりな》。紗理奈、って名前にまず、俺は驚いた。そんな名前を本名にしている女の子がほんとにいるなんて。しかしその点では、その程度の名前は今どき珍しくもないという常識を知らなかった俺が悪い。しかも彼女は帰国子女で、生まれたのはロスアンゼルスの産院だったらしい。アメリカにも出生届みたいなものは当然あるだろうし、その届けに漢字が使えるとは思えないので、ＳＡＲＩＮＡというのは、なるほどアルファベットにしてしまえばそう違和感のある名前ではないわけだ。が、名前に対する驚きなどは、その後、棚橋紗理奈の性格を目の当たりにするにつれ、どこかに吹っ飛んでしまった。いくら帰国子女だからって、十七歳までアメリカで暮らしていたからって、こんなに珍しい性格が形成されたことが普通のはずはない。アメリカにそこまで責任転嫁してはいけないのだ。紗理奈のどこか別宇宙を生きるかのごとき驚異的なマイペースは、アメリカのせいばかりではない気がする。

「水漏れ、うちも去年、漏れちゃったんですよおっ、真上の部屋から！」

紗理奈の声はとにかく甲高い。頭のてっぺんに発声器官があるのかと思うほどだ。

「パパと晩ご飯食べてたら、いっきなり、上からポタポタッて来て、あれれー、と見上げてたら、あっという間にどざざざざーって」

「棚橋さん、これコピーとっといてくれる？　えっとね、全部二部ずつお願い」

通りすがりの同僚弁護士が、歌義にちらっと視線を投げかけながら紗理奈に仕事を頼んで行く。紗理奈は一日中こうやって誰かとくっちゃべっているので、お喋りが終わって席に戻るまで待っているといつまでたっても仕事を頼めない。紗理奈が派遣社員として事務所に現れて二ヶ月、みんななんとか、紗理奈を働かせるコツを掴みつつある。実際、棚橋紗理奈は決して無能ではない。コピーをとらせれば間違いなく必要部数だけとってそれぞれステープラーで留めてよこすし、バイリンガルなので電話番をしていていきなり英語で喋られても動じない。パソコンも当然使いこなすし、東京のレストラン事情なんかにも詳しくて、接待のセッティングを任せると気の利いた店を予約してくれる。事務所では同僚へのお茶汲《く》みは原則禁止で、彼女がお茶をいれるのは顧客に対してだけだが、流し場に誰かの湯飲みが置いてあればさっと洗ってくれたりもするし、週に一度は自腹で花なんか買って現れて、免許皆伝の生け花の腕前を活かして応接室に作品を展示したりもする。このくらい仕事が出来て気が利くならば、外資系の商社あたりで秘書なんかやっても充分勤まるだろうと思うのだが、本人はあまりばりばりとキャリアウーマンをする気はないようだ。この甲高い声と、誰かれ構わず捕まえては喋りまくる習性と、平均的日本人が目を丸くしてぽかんと口を開けるような突飛な行動を三日に一度はとる、という奇癖さえなければ、パーフェクトな事務雑務系派遣社員である。

で、その棚橋紗理奈は、同僚の高木弁護士いわく、「歌さんになついている」らしい。

歌さん、というのは、この半年で歌義が先輩諸氏から頂戴した呼び名である。もちろん歌義は、ものすごく気に入らないのだが、先輩諸氏からつまらないことで睨まれたくはないし、と、我慢している。もっとも京都にいた頃は、友人も同僚も歌義のことを歌やんと呼んでいたのだから、それが標準語になっただけなので文句を言うほどのものではないはずだ。が、しかし、歌義の耳には、歌やんと歌さんとでは、ドイツ語と中国語くらいの違いがあるように聞こえるのだ。それはともかくとして、棚橋紗理奈が本当に歌義に「なついて」いるのかどうかは別にしても、確かに紗理奈は、歌義によく話しかけて来る。

紗理奈はとびきりの美人というわけではないが、まあそこそこ、可愛らしい顔をしているし、まだ二十代前半、スタイルだってそう悪くない。そんな女の子になつかれたらもう少し嬉しいものだろう、普通、と歌義は溜め息混じりに喋り続ける紗理奈を見つめた。

「……ったんですよぉ、だから、保険がおりるまでそのまんま。もう、天井にきっちゃないシミが浮き出てるとこなんかで、ご飯食べたくないじゃないですかぁ、だから、その日からずーっと、保険がおりて内装屋さんが来るまで、外食しちゃいました！」

紗理奈は、それが結論だ、という顔でひとり大きく頷いた。途中をろくに聞いていなかったので水漏れと外食とどう繋《つな》がるのか今ひとつわからなかったが、無反応でいたりすれば紗理奈のご機嫌を損ねてしまうので、歌義も大きく頷く。紗理奈のご機嫌を損ねるとけっこうコワイことになる、というのがこの二ヶ月で身に染みている。

「それは大変やったね。でも毎日外食だと、飽きるでしょう」

「そうなんです」

紗理奈は、あ、ちょっとこれコピーしながら話してもいいですかぁ、と小首を傾《かし》げ、歌義が、仕事の邪魔したら悪いからまたあとでね、と逃げようとするのをすかさず引き留めるように、せっかちに言った。

「ファミレスって、カロリー高いものが多いんですよお。もう、ハンバーグなんか食べたら大変なんです、スパゲティとかもけっこうハイカロリーだし、メニューにカロリー書いてあるとこしか行かないようにしてるんですけど、カロリーの低いものを選ぶと毎回同じようなもの食べることになっちゃうし、あ、コピーのトナーがやばやば。あたしこのタイプのコピー機のトナーって交換したことなくって、えっと、さっき上田《うえだ》さん、二枚ずつって言ってましたよね、それなら大丈夫かなー、でも後の人が困るといけないからトナー交換しときますね、で、最後にはほんと食べるもんがないーっ、て、パパと二人でほとほとイヤになっちゃってえ、お弁当買って来るようにしたんですよ、お弁当。でもあれって、毎日だとかなりめげますねぇ、なんかみじめっぽくって。それにパパはJRで通勤しててあたしは地下鉄でしょう、ほかほこ弁当はJRの駅前にあるもんだから、お弁当を買う役目はパパに押し付けちゃったんですよね、そしたら毎日毎日、お弁当屋さんの袋を下げて家に戻って来ることになっちゃって、あらあ、棚橋さんとこ、奥様ご病気ですかぁ、なんて近所の人に詮索されたりして。ほら、この前、歌さんに話しましたよね、ママは主婦モデルなんで、一日一食しか食べないんですよぉ、夜はダイエットドリンクだけで。でもママが主婦モデルしてるってこと、どうしてなのかパパは近所に内緒にしておきたいみたいで言ってなくて、だから説明しようとすると面倒くさいことになっちゃうでしょ、あ、コピー終わりましたー。じゃ、歌さん、あたしこれ上田さんとこに置いて来ますから、またあとでー」

嵐のように去って行った紗理奈のきんきん声の残響を、首を横に振って耳から追い払い、歌義は深く溜め息をついた。なんだって俺の机はコピー機のすぐそばなんだ、と、恨《うら》めしく思う。歌義が真紀に冷たくあしらわれた廊下からずっと、彼女は俺の後ろにくっついて来て、俺が鞄《かばん》から書類を取り出そうが電卓を取り出そうがまったくお構いなく、機関銃のように喋り続けていた。あんなにお喋りでは、仕事が出来てよく気がついてまあまあ可愛くてスタイルも悪くないとは言え、一流企業の正社員はやっぱり荷が重いのかも知れない。彼女は、自分をよく知っているのだ。

だが紗理奈の奇癖があのお喋りだけだったなら、歌義もさほどは驚かなかった。女の子で口が止まらないタイプはけっこういるし、遠距離恋愛中の恋人、まり恵だって、あれほどではないにしてもかなり喋る方だ。第一、弁護士には口から先に生まれたような奴がとても多い。喋るのが苦手では弁護士は務まらない。だから弁護士は、喋りまくる人間にはみんな寛大だ。が、紗理奈はただのお喋りではないのである。彼女は、アルコールも飲んでいないのに突然泣き上戸になる、というわけのわからない癖を持っているのだ。

二ヶ月前に彼女が事務所に現れた時、いったい誰がそんなことを予想しただろう。紗理奈はとても明るくて、はきはきしていて、笑顔に屈託のない、すごく俗っぽい言い方をすれば、ひまわりみたいな女の子である。そのひまわりが、ある日突然、ハンカチを握り締めてめそめそと泣き出したのだ、仕事中に。それだけでもインパクト充分だったのだが、何よりみんなが驚いたのは、紗理奈がその時泣き出した原因が誰にもわからなかったこと、だった。彼女が泣き出す直前に話をしていた相手は吉田《よしだ》さんというベテラン弁護士で、ごくシンプルに、顧客台帳のコピーを頼んだだけだったし、その時にたった一言でも紗理奈を責めるような言葉を口にしなかったことは、近くにいた誰もが証人になれる。それどころか、その日は朝から紗理奈のご機嫌がいつもに増して花丸状態で、誰ひとりとして、彼女が泣きたくなるような言葉を放ったという自覚も事実もなかったのだ。そして紗理奈は、周囲がおろおろとしつつも涙の原因を探ろうと試したあらゆる努力を無視し、泣いた理由を話そうとはしなかった。ただただ、ごめんなさい、もう大丈夫です、とすすりあげながら繰り返すばかり。しかも、昼休みが終わって事務所に戻って来た紗理奈はケロッと元気になっていて、自分が突然泣き出したことなど記憶にない、という雰囲気だった。

そのまったくもってわけのわからない不意打ちの涙は、その後も二、三度周囲をおろおろとさせた。そして結局、なんとなく事務所の全員が理解したことは、棚橋紗理奈は見かけによらず、精神的に不安定なのだ、ということである。もしこれが、弁護士事務所でなかったとしたら、紗理奈に対してみんなの態度がそれまで通りとはいかなかったかも知れない。突然泣き出すくらいのことはたいしたことじゃないと思ってはいても、人というのは自分が予想できない行動をとる相手に対しては必要以上に警戒心を抱いてしまうし、正直、気味悪く思うものだから。が、しかし、弁護士というのは情緒不安定な人間に慣れている人種であり、しかも、世間で思われているのとは裏腹に、自分自身が変人である確率が非常に高い。そんなわけで、紗理奈の奇妙な性質に対しては、歌義も含めて、事務所の面々はあっさりと寛大だった。

その他にも紗理奈には、見ているとかなり面白い奇癖がいろいろとある。雑誌なんかの切り抜きをやたらとぺたぺた、貼ってはがせる両面テープ、とかいうもので自分の机やパソコンに貼り付けていたり、削った鉛筆を机の上に長さの順に整列させてあったり、一抱えもあるでっかいぬいぐるみを、自分が不在の間はどかんと椅子の上に置いていたり。まあそれらは、可愛いと言えば可愛いので文句をつけるようなものではないが、英語ぺらぺらの帰国子女で仕事もけっこう出来る派遣社員の女の子が、まだろくに顔も憶えられていないうちからその手のマイペース振りを発揮すると、眉をひそめる人もいないではない。真紀などは、アメリカ帰りだからって、ちょっとは遠慮ってもんがないのかしら、とはっきり口にしている。だが、歌義にとっては、そんな癖などはどうでもいい、問題はそんなところにない、のである。

歌義がもっとも面食らったのは、紗理奈の、ＴＰＯを無視した人なつこさ、であった。

紗理奈はどうも歌義の住まいに近いところに住んでいるらしく、ある日曜日に徒歩二十分ほどの距離にあるホームセンターへ散歩を兼ねて買い物に出かけて、そこで偶然出くわしたのが、いけなかった。その時、紗理奈は父親らしい壮年の男性と一緒だったのだが、かなり遠くから歌義の姿を見つけるなり、周囲の買い物客が口を開けて見物するようなものすごい大声で、歌さーん、と叫んで両手をちぎれんばかりに振り、迷子になっていた子犬が飼い主を見つけたような勢いですっとんで来て、歌義の腕にぶら下がってしまったのだ。歌義は紗理奈の勢いに唖然《あぜん》として立ち尽くしていたのだが、父親らしい男性からはしっかりと不審な目で見つめられてしまった。しどろもどろに、紗理奈が働いている弁護士事務所の弁護士であると弁解してなんとか納得した顔つきにはなったものの、可愛いひとり娘となんかあるんじゃないかこいつ、という疑惑の視線は、笑顔の奥にちらちらといつまでも消えていなかった。しかも、悪夢はそれ一回では終わらなかったのだ。どういうわけかそれ以降、たまの休みにマンションの近所を散歩する時ちょくちょく、紗理奈と行きあった。時にはスーパーの魚売り場の前で、また時には本屋の雑誌コーナーで、はたまたある時には、銀行ATMに並んでいた列の前と後ろとで。そしてそのたびに、紗理奈は素っ頓狂な奇声を張り上げて歌義に向かって突進し、通行人や買い物客、列に並んでいる人々の冷たい視線がひきつった笑いを浮かべる歌義の顔に注がれた。

確かに、歌義が恋人だと思っている女性は海の向こうにいる。この日本にはややこしい関係になっている相手などいないのだから、紗理奈にぶら下がられている場面を誰かに見られても、すごくまずいことになるわけではない。が、歌義の気持ちがそれでは落ち着かないのだ。紗理奈が無邪気に飛びついて来るたび、歌義の心の奥底でまり恵の面影がしかめ面《つら》をする。睨みつける。何も悪いことをしているつもりはないのに、すごく後ろめたい気分になる。

歌義には、はっきり言えば、紗理奈のことが鬱陶《うっとう》しく思えてしまう。悪い子ではないとわかっていても、なんだかめんどくさくて、紗理奈の顔を見ると少しうんざりしてしまうのだ。かと言って、馴《な》れ馴《な》れしくしないで欲しい、などと面と向かって言う勇気はとてもわかない。紗理奈に悪気がないことは説明されなくてもわかっているし、誰かに馴れ馴れしくするなと言えるほど、歌義自身のプライドも立場も強固なものではなかった。

幸い、コピーをとる作業はそのあと続いていなかったようで、紗理奈は自分の机に戻ってせっせとパソコンに何か打ち込み始めた。歌義はホッとして、自分の仕事にとりかかった。まずは真紀にこれ以上罵倒されないように、遅刻して出られなかった会議の内容をメンバーにメールを出して確認し、謝罪して、明日の会議の時間を組んだ。稲村さんからは、真紀に連絡するのを忘れてごめん、と軽い返事が来た。真紀は外面《そとづら》がおそろしくいいので、他の事務所の弁護士は、真紀の本性を知らない。仕事が抜群に出来る上に美人でとても優しい、笑顔の爽《さわ》やかな人、という真紀の対外的評価を初めて耳にした時は、そんな女性がこの事務所にいたかいな、と歌義はまじに考えてしまった。仕事が抜群に出来るという点に異論はないし、美人、という点もまあ同意してもいいが、とても優しいとか笑顔が爽やかとか、真紀のどこをどう見たらそういう評価になるのか歌義にはまったく理解不能だったのだが、真紀と初めて本格的に組んで仕事をした時に、彼女が他の事務所の弁護士や関係者に対して見せる態度を見て納得した。清州真紀は、限りなく二重人格に近い、と歌義は思った。

ともあれ、懸案事項が片づいて少しホッとしつつ、歌義は二十分後に事務所にやって来ることになっている依頼者について、ファイルを開いて予習を始めた。

歌義が勤めている、あさかぜ法律事務所は、東京でもかなり名の知られた大弁護士事務所だった。勤めている弁護士も、独立して事務所を持っても充分にやっていかれるベテランが多く、検事として長年務めて司法界の裏も表も知り尽くしたようなくせ者や、マスコミに顔を出して法律相談などしている有名弁護士までいる。それだけに、依頼者も経済的に余裕のある人々が圧倒的だ。つまり、弁護料も手数料も相談料も顧問料も、破格に高い。が、しかし、金持ちしか相手にしない事務所というわけでもない。社会的に意義のある、別の言い方をすればマスコミや世間が注目してくれそうな事件や訴訟であれば、赤字覚悟で引き受けることも多い。だが相談料が高いことは知れ渡っているので、一般的な生活を営んでいる人々がこの事務所を訪れるには勇気と覚悟が必要になる。この点で、あさかぜ法律事務所の世間的評判が今ひとつ悪いということが問題になり、今年から新しい試みとして、初回相談料五千円での自由弁護相談、というのを月に二回、行うことになった。当番となった弁護士は丸一日、予約した相談者と各一時間半の弁護相談を行う。三人ずつ当番で、一日の予約は各人五組。一時間半という短い時間で、手際よく相談者の悩みを訊き出し、実際に弁護士の出る幕があるかどうか判断し、ない場合には、他にどんな機関に相談すればいいのかアドバイスし、ある場合には、訴訟や話し合いにかかる時間、費用、回数や問題点などを説明して、そのままあさかぜ法律事務所に任せたいと相手が望んだ場合だけ、書類を作成して、次回の相談日を決める。ただし、二回目からは当番弁護士ではなく、事務所が判断して適任と思われる弁護士を人選してあたることになる。それらのことを一時間半で終わらせるのは至難の業《わざ》で、たいていは時間切れになって、もう五千円払って二度目の自由相談を受けて貰うことになるのだが、それでも、あさかぜ法律事務所に相談を持ち込んで三時間一万円、というのは、それまでの相談料からすればまさに出血大サービス。おかげで、予約はもう半年先までいっぱいに埋まってしまった。歌義もこれまでに二度、五千円相談を担当したが、限られた時間で相談者の信頼を得、要点をまとめて適切に応対することがいかに難しいか、自分の力の無さを思い知った。五千円相談は、あさかぜ法律事務所ではその実力、経験的に底辺にいる、歌義をはじめとする数名の駆け出し弁護士にとっては、格好の修業の場なのである。

二十分後に現れる予定の相談者、勝俣淑美《かつまたよしみ》も、前回の自由相談に訪れた人である。その時は歌義ではなく、高木が担当して話を聞き、仕事になる、と判断した。そして担当弁護士に選ばれたのが歌義だった。

年齢四十三歳、離婚歴一回、現在は独身。十六歳の娘が一人。勝俣淑美の相談事というのは、この娘のことである。名前は英美《えみ》。通っている高校は、偏差値で考えるとちょうど真ん中よりちょっと上あたりの私立高校、と高木の但し書き。もっとも、通っている、というよりは、入学した、と言い換えた方がいいのかも知れない。昨年の九月より不登校、とまた但し書き。学校側からは、出席日数不足、単位不足で進級不可、つまり落第、と通告されているので、四月になっても二年生になることはない。このまま不登校が続けば、退学して貰うことになる、とも言われているらしい。が、淑美は、娘が不登校になっているのは学校に落ち度があった為だと主張している。よくある話で、英美は同級生から虐《いじ》めを受け、昨年の夏休みにはそのことで学校と話し合ったが解決せず、そのまま不登校となっている。学校側は、虐めの事実を否定、思春期の女生徒同士の葛藤が背景で、どちらが悪いといえるようなことではなかった、と言い張っていたらしい。が、昨今、虐め問題が各地でクローズアップされ、淑美が騒ぎたててマスコミにでも突っ込まれたら一大事だと思ったのか、四月から英美が通学を再開できるよう、話し合いに応じて欲しいと申し出て来た。淑美は学校側を信頼しておらず、話し合いに弁護士の同席が可能かどうか、相談に訪れたわけである。

もちろん、同席は可能だ。と言うか、学校にそれを拒否する権利などはない。が、いきなり弁護士がついて出て行けば、向こうも警戒するだろうし、態度も固くなるだろう。高木の考えとしては、まずは母親と学校とで直接話し合いをさせ、それで母親が何らかの危惧《きぐ》をおぼえるようであれば、次回は弁護士を同席させると学校に通告する、という手順がいいのではないか、とのこと。歌義もそれにだいたい賛成だった。だがその前に、真実はどうだったのか、英美から本当のことを聞き出す必要がある。

今日の面談には英美は連れて来ないことになっている。はたして、英美とじっくり話す機会が持てるかどうか。できれば、母親抜きで。

2

歌義がひそかに危惧していたように、淑美はかなり感情的になっていた。学校側が虐めを認めようとしないばかりか、娘の態度にも問題があったようだ、というようなことをほのめかしたのが、とにかくアタマに来たらしい。歌義はとりあえず、淑美を冷静にさせる目的で、勝俣家の諸事情について細かく質問した。離婚したのは英美がまだ三歳の頃で、原因は、前夫の浮気。と言っても、よそに住まわせた女に子供を産ませ、給料も半分以上は注《つ》ぎ込んでいたらしいので、かなり深刻な状況だったわけである。淑美は結婚し、すぐに英美を産んでからまた仕事に復帰していたので、夫の給料がなくても食べていくことはなんとか出来たが、離婚にあたってはどうしても養育費だけは出させたいと、かなり長い間揉《も》めたらしい。結局、学資保険の掛け金月額一万円程度を前夫が払い続けることと、別に養育費として月額三万円で決着したと説明する淑美の口調はいかにも無念、といった感じだった。前夫にしたところで、別宅にも子供がいたのでは、そうそう英美の養育費を気前よく払うことは出来なかっただろうが、今どき三万円では食費にしかならず、淑美が悔しがるのも理解できる。が、淑美のカリカリとしたものの言い方を聞いていると、浮気したくなった前夫の気持ちがなんとなくわかってしまって、歌義は後ろめたい気分になった。淑美は、なかなかの美人なのだ。が、きつい。真紀と比べても引けを取らないというか、似たタイプの女性であることは間違いない。もっとも、女手ひとつで子育てをしながら生きていかなければならないのだから、きつくなるのも当然なのかも知れないが。

淑美の仕事は生保のセールスで、歩合制なので収入が安定しないことが悩みらしい。切り詰めて必死に貯めた金で私立高校の入学金と授業料を払ったのに、たった一学期で不登校。あげくは、このままだと退学になる。淑美としては、留年は仕方ないとしても、せっかく本人が望んで入った高校なのだから、なんとか続けて通わせたいと切実に望んでいた。が、英美が本当に虐められたことが原因で不登校になったのかどうか、いちばん肝心なその部分が、歌義にはどうも確信できなかった。材料が少な過ぎるのだ。昨年の夏休みの話し合いでも、英美自身はとうとう、誰に虐められたのか、どんなことをされたのかについては黙り通していたらしい。しかし、淑美は、虐めがあったことを異様なくらい確信していた。


「泥だらけで帰って来たんですよ！」

半泣きになりながら、淑美は訴えた。

「英美はわたしに隠そうとして、泥だらけの制服や靴は丸めて隠してありましたけど、わたし、見てしまったんです。うちでは何しろ、わたしがフルタイムで働いているので、洗濯は英美の担当です。だから英美は、わたしに見つからないうちに洗ってしまおうと考えていたと思います。たまたま金曜日でしたから、制服も泥を落としてクリーニングに出せば、月曜日に着て行くのに間に合いますから。でもその日、わたしはほんとに偶然、風邪で熱が出てしまって早退したんです。いつもは早くても七時過ぎなんですけど、その日は五時前に家に戻りました。それで、化粧を落として寝ようと思って洗面所に入って、バスタオルにくるんである泥だらけの服や靴に気づいたんです。英美は買い物に出ていていませんでした」

「それで、服の泥のことは問いただしたんですか」

「ええ、もちろん。だってびっくりしましたもの。その時までわたし、あの子が学校で虐められているなんて思ってもいませんでした。毎日、ごく普通に、明るく通学していたので。だから、泥だらけになったのには何か理由があると、別の理由があると思ったんで訊いたんです。なのに、あの子ったら、ごまかそうとしたんです！　近所の子が投げたボールが排水溝に落ちたので拾ってあげたんだ、なんて……」

「どうして、それが嘘だと？」

「うちの近所には確かに排水溝がありますけど、泥なんて溜まってません。町内会の取り決めで、月に一度、まわり持ちで溝《どぶ》掃除してるんです。大雨のあとでしたら、汚い水が溜まっていることはありますけど、その時はそんな雨のあとでもなかったし……それに、英美の様子が明らかに変でした。そわそわして、わたしの目をちゃんと見て話そうとしませんでした。この子は嘘をついている、と、わたしにはすぐわかりました。親子ですもの、わかるんですよ、そういうことは。でもその時は、それ以上強く追及するのはやめたんです。何か嘘をついているとしても、そのうち話してくれるだろうと思いましたし、どこかその……強く問い詰めたら娘とわたしの間に大きな溝《みぞ》が出来てしまうような予感があったんです。どう説明したらいいのかしら……とにかくね、娘はその、思春期で、小学校六年頃からでしょうか、やっぱり女親とは、女同士、わずかに反発し合う部分も出て来るわけですよ。そういうのって、とても微妙だけど、わたしはとにかく、無理をしないことと決めていました。うちには父親がいませんから、わたしとあの子との関係が暗礁に乗り上げてしまったら、父親を介して修復するということができません。ですからその分、どうしても慎重にならざるを得ないんです」

歌義は、淑美の言葉に注意深く聞き入り、慎重に頷いた。が、これはかなり荷が重そうだ、と、正直、思った。自分にはまだ子供がいない。親の心を本当に理解することなんて出来ないだろう。頭ではわかっていても、肝心なことはすべて、頭でわかるところ以外の、とても微妙な部分に隠されている、という気がした。

「制服や靴が泥だらけだった、ということ以外に、虐められていたとわかったことはありましたか」

淑美は、首を縦に振るのに激痛が走る、とでもいうように、顔をしかめて頷いた。

「泥だらけのことがあってから、どうしても気になって、娘には黙って娘の持ちものや服などを点検する癖がついてしまったんです。そうしたら……メンディングテープで修理した教科書やノートが何冊もありました。普通に使っていて、あんなふうに破れるはずはありません。教科書は表紙がむしり取られたらしくて、厚紙で表紙を作ってありました。ノートも、中にひきちぎられた痕跡がありましたし、修理してあるページだけでも何枚も……何枚も」

淑美はこらえきれなくなったのか、すすりあげた。

「服も破れていることがありました。袖が半分とれかかっていたり……淑美は中学生になってからはわたしとお風呂に入ることはなかったんですが、着替えの時などにこっそりと見ると、背中が赤くなっていたり、腕や腿《もも》に青い痣《あざ》が……あの子が通っているのは女子高ですよ！　運動部に入っているわけでもないし、なのにどうして、あんな痣がつくんですか！　わたしは確信しました。あの子は虐めに遭っていたんです！　それも……ひどい虐めに」

歌義は、淑美の興奮がいくらか収まるまで待った。淑美はハンカチで涙をぬぐい、深く溜め息をついた。

「……黙っていることは出来ませんでした。わたしは、英美と話し合いました。どんなことがあっても英美の味方になる、だから、本当のことを言って欲しい、と。でも英美は……虐められてなんかいない、と言い張りました。ノートも教科書も、掃除の時に誤って机からすべり落ちて、それを自分で踏んでしまった、それで破れたと。そんなことはあり得ないんです。そんな破れ方ではなかった。わたしは興奮してしまい、どうして嘘をつくの、と英美をなじってしまいました。それがまずかった、というのは反省しています。でも、自分の娘がひどい虐めに遭っていて、それでもそのことを認めようとしないというのは、親にとって、とてつもなく辛いことなんです。娘はたぶん、親に告げ口したと虐めている子たちに知られて、さらに報復されることをおそれていたんだと思います。そのくらい、悪質だったんだと。わたしは本当に怖くなり、英美にはしばらく学校を休むよう言いました。英美はそれには逆らいませんでした。むしろ……明らかに、ホッとした表情を見せました。それでわたしはますます確信を深めたんです。それが昨年の七月頃のことです。期末試験も終わっていて、夏休みまでほんの少しでしたから、そのまま休ませることにしました。そして学校に電話して、担任と相談しました。担任はとても驚いていましたが、とにかく夏休みに入ったらすぐに話し合うと約束してくれました。それまでに、できるだけ調べておく、と」

「それで、話し合いが行われたわけですね」

「はい。初めは、担任と学年主任、それにわたしと英美の四人で。その時担任から、いろいろと聞き込んでみたけれど、虐めがあったという感触は摑めなかった、と報告されました。わたしは怒りました。当然です。あれだけひどい目に遭っていたんですから、クラスの誰も気づいていなかったはずはないんです！　最初から、担任には、とことん調べようという気がなかったんだと思います。でも、英美も何も言ってくれなくて、わたしひとりが空回りしているような感じでした。それでも、次の時には英美は、ノートと教科書を破かれたことは認めてくれました。わたしが現物を持参して、担任の前につきつけたからです。担任は蒼《あお》くなってましたよ。一目見れば、それが何かの事故や偶然でそうなったのではなく、誰かの悪意によって破かれたのだ、というのはわかりましたからね。でも英美は、破ったのが誰か言おうとしないんです。ちょっと喧嘩《けんか》してお互い興奮していただけで、もう仲直りしたから大事《おおごと》にしないで、と泣いてしまって。からだの痣のことも担任の前で説明したのですが、それについては頑《かたく》なに口を閉ざしてしまって……結局、三度目に教頭もくわわった話し合いがあって、その時は英美は参加させなかったんですが、新学期が始まったら徹底的に調べて、事実を明らかにして欲しい、それまでは学校に行かせられない、とわたしの方から言ったんです」

「それで、二学期が始まってから学校側はなんと？」

「二週間くらいしてから電話があり、引き続いて調べてはいるけれど、やはり虐めがあったという証拠も証言も得られていない、ということでした。その上で、本人に登校する意志があるなら、できれば学校に来るようにして欲しいと。わたしも、英美が行きたいなら無理に引き留めるつもりはなかったんです。学校も、暴力などの虐めが絶対に起こらないよう、英美の様子には気を配ってくれると約束してくれましたから。でも英美は、あまり乗り気でない様子でした。わたしは、とにかく英美の判断に任せるから、行く気になったら行けばいいと言いました。学校も、はじめはそれでいいと言ってくれたんです。でも、中間試験はどうするつもりか、と担任から電話があり、試験を受けないと、進級が難しくなるかも知れない、別日程で個人的に追試してもいいから受けてくれということでした。二学期からは、勉強があまり遅れないように、英語と数学だけは家庭教師を頼んでいたので、試験は追試という形で、校長室でひとりで受けさせました。二学期の学期末も。でも二学期が終わるまでかかっても、結局、虐めはなかったと思う、という報告しか来なかったんです。英美もすっかり登校する気はなくしてしまったみたいで……」

「えっと、その時点で英美さんの方から、転校したいというような話は出なかったのでしょうか？」

「なぜ英美が転校しないとならないんです？」

淑美は顔をあげ、歌義を睨みつけた。

「英美は被害者ですよ！　どうして、虐めていた方の子には何の咎《とが》めもなくて、虐められていた英美が逃げ出さないとならないんでしょうか！」

「す、すみません、そういう意味ではないんです」

歌義は思わずハンカチを取り出して、額をぬぐった。

「逃げるとかそういう意味でなくて、ただ、英美さんが、今の学校に失望して、他の学校でやり直す気はなかったのか、という、ただそういうことです。いやその、つまりですね、英美さんとしては、高校を卒業したいという意志はあったわけですよね？」

「それはありましたわよ。あの子が自分から希望して選んだ学校なんです。短大の付属で、そのまま短大に進めば保育士の資格がとれるんです。あの子は中学生の頃から、保育士になりたいと言ってたんですから。他の高校に移れば、短大に進むにしても専門学校に進むにしても、進路で悩まないとならないし、受験もあるし、転校したかったはずはありません！」

「……そのことを、言葉にして、英美さんに訊いたことは？」

「あります。どうしても今の学校が嫌だったら転校してもいいのよ、と言いました。でも英美は、今の学校が嫌なわけじゃないから、もう少し考えさせて、と」

「それで……結局そのままになってしまったわけですね」

淑美は悔しそうに唇を噛み、頷いた。

「三学期になると、担任からは、このままだと進級は無理だ、という電話が来たきりです。追試の話すら出ませんでした。出席日数が足りないから、試験を受けても進級はさせられない、って。わたし、抗議しました。だって学校に行けないのは虐めのせいなんですから、その責任は学校にもあるはずです。なのに、出席日数の算定に配慮もしてくれないなんて、ひど過ぎます。なのに学校は、とにかくいくら調べても虐めの事実が見つからないんだから、どうしようもない、の一点張りだったんです。ところが、中学生の虐め自殺問題が世間で取り上げられるようになって、学校も警戒したんだと思います。わたしがマスコミにでも話して、それが騒ぎになるとまずいと思ったんですよ。二月の初め頃に電話が来て、もう一度じっくり話し合いたいと。進級は難しいが、四月からちゃんと通学してくれるならば、可能な限りのサポートはするつもりなので、と言って来ました。でもわたしはもう学校を信じていないんです。ですから、次の話し合いからは弁護士さんに同席して貰いたいんです」

「英美さんご自身は何とおっしゃってます？　四月から登校するつもりはあるんでしょうか」

淑美は、歌義を睨みつけていた視線をすっとはずし、肩を落とした。

「……わかりません。学校から話し合いたいと電話があった時、英美に、どうするつもりなのか訊いたんですけど……英美はなんだか、まるで他人事みたいな顔をしていました。あの子はもう、諦めているんだと思います。本当は保育士になりたいという夢はまだ持っているはずです。でも、このまま退学になるのは仕方ないと、諦めてしまっているんだと。わたしだって、何より大切なのは英美の気持ちだということはわかっています。あの子が転校したいなら、転入試験を受けて他の高校に入ってもいいし、高校には通いたくないと言うなら、高卒認定試験という方法だってあります。通信制高校で高卒の資格だけとれば、専門学校に進めます。方法がいろいろあることは、わたしも英美も知っているんです。ですが、わたしは納得できない。他に方法があるからって、このまま泣き寝入りみたいにして退学しないとならない理由がわからない！　悪いのは英美なんですか？　被害者なのに、英美の方にだけ落ち度があったということなんでしょうか！　そんなはず、ありません！　たとえ退学することになるにしても、わたしははっきりさせたいんです。英美は悪くなかった、と。それが英美にとっては大事なことだと信じているんです。今ここで、こそこそと逃げてしまったのでは、英美はこの先もずっと、負い目を感じて生きていくことになります。高校の同窓会にも出ることが出来ず、町で同窓生に出会っても、英美の方から隠れなくてはならなくなります。そんなことは、わたしはゆるせないです。英美を虐めた子にもそれなりに罰がくだされ、学校がきちんと対処して、英美に対して謝罪してくれることが大事なんです。けじめをつけたいんです！」

淑美の視線はまた歌義をとらえていた。その瞳には、怒りと悲しみとがきらきらと燃えている。

淑美の言うことは、筋が通っている。確かに、虐めの事実が本当だとしたら、被害者である英美の方がこそこそと逃げ出さなくてはならないというのは、あまりにも理不尽なのだ。英美自身は、何もかも嫌になり面倒になっているのかも知れない。運がなかったのだと諦めてしまったのかも知れない。しかし、あなたは悪くないんだ、と、はっきりさせておくことは、英美の今後の人生にとって大事なことなのだ。

だが、淑美の言葉やまなざしには、明らかに、復讐の影がある。歌義にはそれがとても気掛かりだった。淑美は、自分が手塩にかけた自慢の娘が、理不尽な虐めに遭った上に、学校からも見放され、娘をそんな目に遭わせた張本人が誰なのかもはっきりしない、というこの状況が何より耐え難い屈辱だと感じている。まるで自分自身に対してそうした仕打ちが行われたかのような怒りと報復したいという思いに囚《とら》われているように見える。

淑美の気持ちは理解できる。その悔しさも、もちろん、わかる。が、復讐や報復によって、当事者である英美の将来に必ずしもプラスになるとは、歌義には思えない。

英美は本当に、密告への報復をおそれていたから、ノートや教科書を破ったり英美のからだに痣をつけたりした相手の名前を口にしなかったのだろうか。そこに何か、隠されている真実があるのでは？

淑美の方は、前回の自由相談では吐き出せなかった気持ちを吐き出したことでいくらか気が済んだのか、ハンカチで何度か目をぬぐい、ティッシュを取り出して軽く鼻をかむと、憑《つ》き物が落ちたようなおだやかな顔になっていた。

「とにかく、もう学校にごまかされるのは嫌なんです。第三者である弁護士さんを交えて、ごまかしのない、実りのある話し合いをするのでなければ意味ないと思っています」

「……お気持ちはよくわかりました。しかし、いきなり弁護士を同席させると学校に言えば、向こうも警戒すると思うんですね。勝俣さんが、その、すぐにでも法的手段に訴えるのではないか、というような」

「最終的にはそれも考えてますわ。もしこのまま、納得できないで退学することになったら、昨年の八月以降の授業料の返還も求めるつもりですし、娘の勉強したいという気持ちを踏みにじられたことへの損害賠償も求める気はあります。お金なんか貰ってもどうしようもないことですけど、世間に対して、学校がどれだけひどいことをしたのか知らしめるには、民事訴訟というのは効果的なんじゃありません？」

「確かに、学校にダメージを与えるという点では、効果的です。この御時世ですから、虐めが原因での訴訟となれば、マスコミも飛びつくでしょうし。今、短大というのはあまり人気がありません。女子だけの高校というのも、ニーズは減っています。その上に少子化は加速しています。私立の学校にとっては、負のイメージを世間に広めてしまうというのは痛手のはずです。でもですね、そうした、いわば復讐戦のようなことは、やはり最後の手段だと考えた方がいいと思います。今はインターネットで個人のプライバシーを暴くようなことも流行《はや》っています。訴訟を起こせば、当然話題になり、ネットで言及する人もたくさん出て来るでしょう。好意的な意見ばかりとは限らない、訴訟に対して反感を持つ人、学校側に同情する人、あるいは学校の関係者や卒業生などが、訴訟に対してネガティヴ・キャンペーンのようなことを始める可能性もあります。英美さんのことについても、嘘八百がネットに書き散らされ、英美さんがより一層傷つけられることも考えられるわけです。そのあたりはどうか、慎重に、冷静になっていただきたいのですが」

淑美は、素直に頷いた。

「……わかっています。わたしも、何がなんでも学校をやっつけたい、というのではありませんから。ただ……英美を苦しめて、英美にとってかけがえのない十六歳の一年間、学校に通って得られたはずの楽しい時間、幸せな時間を奪ってしまったこと、そのことに対して、せめて学校が虐めた子に代わってでも謝罪してくれれば……英美が悪かったのではないと、はっきり認めてくれれば、それで……」

3

歌義は、各駅停車しか停まらない駅のそっけなさに拍子抜けしつつ、改札を出た。
東京で暮らし始めてまだ半年。中央線のその駅前は、正直、田舎、に思える。東京、というイメージには似つかわしくない、こぢんまりとして野暮ったい雰囲気。でも歌義は、悪くないやん、と思いながら、インターネットの住所検索で印刷した地図を手に、歩き始めた。小さなバスターミナルがあるが、地図の距離から計って、徒歩でも十五分あれば着けそうだった。二つ先に快速や特別快速が停まる大きな駅があり、どのバスもそちらの駅を起点にしているようだ。たぶん、この駅の周辺で暮らしている人々も、買い物やその他の用事は、二つ先の駅を中心に済ませているのだろう。駅前だと言うのに、ファーストフード店が一軒とパチンコ屋、百円ショップ、牛丼屋、それに小さなスーパーがあるだけ。東京に来て以来、とにかく何かにつけて規模が大きく、人が多く、値段が高いという環境に、かなり疲れ気味でいた歌義には、この駅の田舎くささがなんだか有り難かった。

勝俣淑美とは、学校との話し合いに同席する約束をした。が、その前に、もう一度だけ弁護士抜きで淑美が話し合いをしてみることになった。それで何かが解決するとは思っていない。ただの時間稼ぎだ。歌義は、もやもやとした疑問に答えが欲しかった。その答えを持たずに話し合いに同席しても、たいしたことは出来ないだろう。淑美にしてみれば、弁護士の存在を一種の威嚇として使いたいという気持ちはあるのかも知れない。が、それが英美にとってよい結果を生むとは思えない。

とにかく、材料が欲しい。証拠が。

淑美の話の中で、歌義の心に大きくひっかかったのは、泥だらけになった制服と靴のことだった。淑美の話の中で、泥だらけの服を見つけた日の前日に大雨が降ったということはなかったとわかっている。ならばいったい、どこでそんなに泥だらけになどなれるのだろうか。たとえば公園や空き地など、アスファルトの敷かれていない場所で殴られたり転がされたりしたとしても、土がついて汚れる程度ではないのか。ノートや教科書が破かれたことは認めた英美が、制服が泥だらけだったことについてはだんまりを通しているのも気になる。

英美は徒歩通学をしていた。自宅から、在学中の私立高校までは徒歩で二十分ちょっとらしい。バスの路線もあるが、バス停まで五分以上歩いて出ないとならないとかで、よほど天候が悪い時以外はバスには乗らなかったようだ。そのバスも、二駅隣りの大きな駅行きなのかも知れない。だとすれば、朝はものすごく混んでいるだろう。若くて体力もある英美にとっては、徒歩の方が楽だったに違いない。これから歌義は、実際に、その私立高校から淑美と英美が暮らすマンションまで歩いてたどってみるつもりでいる。雨の翌日でもないのに、まがりなりにも東京の町中で、泥だらけになれるような場所があるのか。特に深い考えがあるわけではない。が、好奇心の強さは持ち前の病気みたいなものなので、とにかく自分の目で確かめてみたかった。

駅から地図を頼りに十五分、一度だけ曲がり角を間違えただけで何とかS女子高校の正門前に到着。そこから、地図を持ち替えて、淑美と英美のマンションを目指す。

道はほとんど一本道に近く、迷う心配はなかった。幹線道路とほぼ平行している住宅地の中の道なので、抜け道に使われるのか、けっこう車の数は多い。立ち並んでいる住宅は、どれも比較的新しく見える。バブル時代の前までは、畑か何かだったのかも知れない。

途中に公園がひとつあったので寄ってみたが、泥んこになれそうな場所はなかった。砂場すらない。ベンチとすべり台、シーソーだけ。水飲み場はあった。思い切り栓をひねって水を噴き出させたら、周囲の地面くらいは濡らせるだろう。無理をすれば泥にもなるかも知れないが……しかし、放課後だとすればまだ公園には人の姿はあるのが普通だ。現に今も、ベンチには若い母親が二人座り、ベビーカーを傍《かたわ》らに、すべり台で遊ぶ我が子を見守りながら世間話に夢中になっている。水飲み場から噴水のように水を噴き出させ、それで周囲を泥だらけにして、その泥に女の子を転がして虐める、そんな派手なことができただろうか。

公園を出ると、道沿いにコンクリートの溝があるのが見えた。ずっと淑美たちの自宅の方に向かって続いているので、これが話に出ていた排水溝に違いない。覗《のぞ》いてみると、綺麗に清掃されていてゴミもほとんど落ちていない。水は、底にちょろちょろと流れているだけ。ここに落ちても泥だらけになるのはちょっと無理だ。英美が嘘をついていたことは、これで確認できた。

地図上の道程《みちのり》の半分を過ぎたあたりで、このままでは突破口が見えないと考えた。たまたま、ランドセルを背負って歩いて来る男の子三人が目につく。最近は、小学生にうっかり道など訊ねると変質者と間違われるかも知れない、と一瞬躊躇《ちゅうちょ》したが、いちおう安物とはいえスーツ姿でいたこともあって、歌義は覚悟を決めた。

「あの、ちょっと訊ねたいんだけどな」

さすがに東京の子供たちだ。やっぱり警戒した顔つきになった。歌義は、ともかく平静に、変態じみないように、と心に念じた。

「このあたりにね……、その、泥がいっぱいあるような場所って、知ってないかな?」

「泥？」

質問が意表をついたせいか、子供たちの目がまんまるになった。

「そうなんだ、泥。うっかり転んだら、服も靴も泥だらけになっちゃうような。そうだなあ、あまり水のない沼とか池とか、蓮根の畑とか」

「レンコンの畑って、泥んこなの？」

好奇心の強そうな真ん中の子が訊き返して来る。

「うん、そうだよ。蓮根って、蓮《はす》の根っこでね、泥の中に埋まってるんだ。見たことない？」

「そんなの知らなーい」

三人が声を合わせた。

「おじさんは、どうしてそんなの、探してるんですか」

「うん、実は、おじさんの知り合いが、このあたりで泥んこになっちゃったんだけど、それでちょっとね、汚れた洋服のクリーニングをしないとならなくて、そのクリーニング代が保険でおりるかどうか、調査してるんだ」

「保険会社の人ですか、おじさん」

「まあ、そんなところ」

なんとなく支離滅裂な作り話だったが、とりあえず三人は納得した顔になってくれた。

五年生くらいだろうか、よく見れば、けっこうひねた顔をしている。

「レンコンの畑はないけど、泥んこになるとこなら知ってる」

左端の子が、あっさりと言った。歌義は不意打ちをくらって言葉を探した。

「……知ってるの、泥んこになれるところ」

「はい」

「この近く？」

「はい。すぐ近く。でも……今はあるかなあ。あれって夏しかなかったかも」

「案内してくれるかな。いや、場所を教えてくれるだけでもいいんだけど」

「どうせ帰り道だから、いいですよ」

「あ、わかった。げんきっこ保育園か！」

真ん中の子が大声で言った。

「あるある、あそこに、あるね、泥んこプール！」

「泥んこプール？」

「保育園なんです。ちょっと変わってて、子供たちを裸足《はだし》で遊ばせるんです。泥を入れたプールが作ってあって、パンツいっちょで泥だらけで遊ばせたりもするんです。テレビで取り上げられたりしてますよ」

なるほど。そういった変わった保育をする保育園や幼稚園があることは、知識としては知っていた。子供たちを一年中裸足と薄着でいさせたり、自然の野山を遊び場にさせたり。泥のプール、というのは初めて聞いたが、今の子供たちは泥だらけになって遊ぶという経験がほとんどできないだろうから、それを体験させる、というのは、面白い試みには違いない。

三人と一緒に五分も歩いて、それまでの道から何度かくねくねと住宅地を曲がると、目の前に保育園が見えて来た。園の周囲には金網が張ってあり、無断で園庭に入り込むことは出来そうにない。歌義は三人に礼を言い、正門から入って保育園の呼び出しブザーを押した。

幸い、保育は夕方六時までということで、園内にはまだ保育士も園児も残っていた。今度はちゃんと名刺を出し、個人名は伏せておおまかに事情を説明した。歌義の話を聞いてくれたのは園長の小林《こばやし》という初老の婦人だったが、一緒にいた保育士が歌義の話に即座に反応してくれた。

「心当たりがあります。たぶん、あのお嬢さんだわ」

「津川《つがわ》先生、それってあの、泥んこプールで泳いだ、っていう……」

「はい、園長、そうです。きっとあのお嬢さんだと思います」

「やっぱり、こちらのプールで泥だらけになった女子高校生がいたんですね！」

歌義は思わず身を乗り出した。

「ぜひ、詳しく聞かせてください！」

「もちろん構いませんよ。そのお嬢さんが退学させられるかどうか、大事な問題ですものね。でも……津川先生、ご説明してあげて」

津川、という保育士は、まだ二十代だろうか、なかなかに美人で、髪形などもお洒落な女性だった。手元の保温ポットから急須に湯を注ぎながら、ゆっくりと話し始めた。

「一年は経っていないと思いますけど、去年のことです。えっと、たぶん、夏ですね。六月だったか七月……とにかく、もうプール保育が始まっていて、園でも幼児用プールを使用していました。プール保育が始まると、泥んこプールでの保育も始めるのがうちの園の恒例なんです。泥んこプール、というのは、浅い組み立て式のプールに消毒済みの土と水を入れて、みんなでこねて、泥にして遊びます。プール保育のあと、水着を脱いで泥んこプールに入り、思い切り泥だらけになって遊んで、それからシャワーで流しておしまい、という、夏だけの遊びで、子供たちにはとても人気があるんです。うちの園に入園を希望される親御さんは、泥んこプールの噂を聞いていらっしゃる方がほとんどです」

「もちろん、入園説明会の時には詳しく説明しまして、そういった教育に抵抗のある方はよその保育園を選択していただくようにしています」

園長が補足する。

「また、親は望んでいても、子供が嫌がれば無理強いなどは決してしません。でも最初は嫌がっていても、友達が楽しそうに遊んでいるのを見れば、どの子もしまいには泥んこになっちゃうものなんです。もう泥んこプールを始めて十年になりますが、一度も泥んこにならずに卒園した子はひとりもいないんですよ。子供にとって、泥、というのはとても面白いものだし、思い切り汚れるという体験もとても貴重なんです。泥んこプールに入るようになってから、石鹸で顔が洗えるようになった、という例もたくさんあります」

「……えっと、それであの日も、泥んこプールで子供たちを遊ばせて、シャワーを浴びさせて着替えさせて、それからおやつの時間でした。子供たちがおやつを食べている時でしたから、三時過ぎだったと思いますが、突然、園庭から、犬の鳴き声が聞こえて来たんです。それで見てみたら、泥んこプールに子犬が飛び込んで騒いでいました。子供たちも気づいて、窓から覗いて大騒ぎになって……わたしは慌てて、子犬を助けようと出て行ったんです。そうしたら……プールにいたのは子犬だけではありませんでした。見知らぬ女の子が……学校の制服のままで泥につかり、泥をはねかえして、ワーワーと叫んでいたんです……楽しそうに」

意表をつかれた答えに、歌義は何と言えばいいのかわからなかった。英美は自分から泥のプールに飛び込み、遊んでいたのだ……制服のままで。

「わたしはほんとにびっくりしたんです。でも、とにかく犬と女の子をプールから連れ出して、シャワーを浴びさせました。もしかしたら……知的障害のあるお嬢さんなのかしら、と考えました。保育士のジャージとサンダルを貸してあげて、汚れた服や靴はビニールに入れ、温かい飲み物を与えて、落ち着かせました。すると、その女の子はしっかりした口調で、勝手に庭に入ってすみません。迷子の子犬を見つけて、交番に連れて行こうと抱いていたら、園の前で腕から飛び出して、金網の下をくぐって泥の中に飛び込んでしまったので、慌てて金網をよじのぼって入った。でも子犬を見ていたらあんまり楽しそうなので、つい、泥に入ってしまった。これまでもここを通りかかるたびに、子供たちが泥んこになっているのを見て、羨ましかった、そう言いました。言葉も明晰《めいせき》だし、学校の名前を訊いたら近くの私立だし、知的障害などないことはすぐわかりました。本人にも悪気はなかったようなので、大事にはせず、ただ、黙って園庭に入り込まれたりすると防犯的に問題が大きいので、二度としないでくださいと。翌日、ジャージとサンダルはちゃんと返しに来てくれたんです。……それだけです。それ以降は、あの子が園に来ることはありませんでした」

「泥んこプールで、彼女は楽しそうでしたか」

歌義の言葉に、保育士は大きく頷いた。

「それはもう……とても。やめさせるのが可哀そうに思ったくらいです。とっても楽しそうな、幸せそうな顔で、わー、きゃーっ、と歓声をあげて……泥んこ泥んこっ、と叫んでいました」

＊

「泥んこ泥んこぉっ、ですかあ」

間延びした声で、それでも彼女にしてはしんみりと、紗理奈が言った。

歌義は、自分がどうして紗理奈にこの話がしたくなったのか自分でもよくわからないいま、ハンバーガーショップで紗理奈と向かい合っていた。ダブルバーガーにポテトのＬにバニラシェーク。ダイエットは？　と訊きたくなるくらい、今どきの女の子にしては大胆なカロリー摂取量だ。

「なんか……わかっちゃうって気がするんですよね。その子、きっと、お母さんには言えないストレス、胸にいっぱい抱えていたんだろうな。母ひとり子ひとり、お母さんは、自分を捨ててよそに子供まで作った男を見返したくて、きっと、夢中になってその英美さんのこと、教育したんだと思うんです。腹違いの弟だか妹だかにだけは負けたくない、負けられない……英美さんの方も、そんなお母さんの気持ちがわかるから、それにこたえようと一所懸命だったと思うんですよね」

歌義は、コーヒーをすすりながら頷いた。紗理奈の言う通りだろう。英美も淑美も、母と娘は二人して、ぎりぎり、無理を重ねていた。

「クラスの子から虐められたのは、本当かも知れませんよ。あるいは、本人の言葉通り、虐めとまではいかないけど、意見が合わなくて女の子同士、険悪になっちゃったとか。それはどっちなのか、これからじっくり調べないとならないですよね。でも、とにかく英美さんは……入学してすぐにそういうことにぶつかって……ポキン、と折れちゃったんじゃないかなあ。それまで我慢していたものが、なんかぷっつり……毎日毎日、学校からの帰り、泥んこプールで無邪気に遊んでる子供たちを見ていた。すごく羨ましかったと思います。自分にもそんな、無邪気でいられた時代があったのに、って。子犬がプールに飛び込んだのを見た瞬間、英美さんの心の中で、何かが……壊れた。英美さんは我慢することをやめた。いい子に見せることも、常識的に生きることも」

「それで……泥んこ泥んこっ、か」

「はい」

紗理奈は、ずずっ、と音をたててシェークを飲み干した。

「あたし……ヘンでしょ？」

紗理奈が突然、真顔で訊いた。

「……ヘン、って」

「おかしな子だと思うでしょ、歌さんも」

「いや、それは」

「いいんです、気をつかわなくて。わかってるんです……すっごくテンション高かったり、声がひっくり返ったり、急に歌い出したり……落ち着かないし、行儀悪いでしょ。……わたしね……ＡＤＨＤなんですよ。わかります？　ＡＤＨＤ」

「あ……注意力欠陥障害……だっけ……？」

「Attention-Deficit Hyperactivity Disorder……注意欠陥多動性障害、とか訳されるみたいですね。まんまですけど」

紗理奈は、少し元気のない笑顔になった。

「今は事情も違うんでしょうけど、あたしがアメリカにいた頃、この障害があると認定された子のほとんどは、リタリンって薬を飲まされたんです。もともとは鬱病の薬だそうで、けっこう強いもんなんですよ。日本でも以前は、多動が重度で日常生活に支障を来すような場合には処方されてました。でも、アメリカのはすごく量が多いんです、成分の含有量が。飲み過ぎると、マリファナよりハイになる、って噂まである薬です。でもそれを飲むと、なんでだか落ち着いて行動できるようになって、勉強なんかもちゃんとやれるんです。薬が切れると、うろうろ歩き回ったり、奇声を発したり、字なんかもミミズがのたくったみたいにしか書けなかったり。あたしはそんなにひどくはなかったんですけど、ＡＤＨＤと診断されてからはずっとリタリン漬けでした。薬が切れると成績がガタ落ちになるんで、親も、薬をやめさせる決心がつかなかったんですね。でも問題は起こってました。副作用で食欲がなくなることも問題でしたし、依存状態になってしまって、いつまで飲み続けないとならないのかも心配ですし。帰国子女として日本に戻った時、お医者さんと相談して、少しずつ薬を減らすことにしました。けっこう大変でしたよ。薬が切れている時、とんでもないことをするかも知れなかったし。でも……なんとかかんとか、十年。ちょっとヘンな子、って思われるくらいで、なんとかやってます、今では。でもね」

紗理奈は、不意に袖をまくって腕の内側を見せた。そこには、ボールペンでぎっしりと文字や数字が書きつけてある。

「こうしてメモしておかないと、忘れちゃうんです。頼まれたことも、大事な約束も、平気で忘れちゃう。忘れ物がすごく多いのもＡＤＨＤの子の特徴です。これだからわたし……正社員としては働けないんです。働いても、何か失敗してクビになっちゃうかも知れないと思うと……怖くて」

歌義は、コーヒーのカップを手にしたまま、言葉をなくしていた。

紗理奈は、また寂しそうに微笑んだ。

「時々、考えます。神様ってなんて不公平なんだろう、って。こんな体質に生まれてなければ、わたし、もっともっと、いろんな夢が持てたのに。そんなこと、考えます。悶々《もんもん》と考えていると、突然、叫びたくなります。わーっ、ぎゃーっ、って叫びたくなるんです。もし目の前に泥んこプールがあったら、きっとわたしも、飛び込みます。飛び込んで、もう思いっきり、泥をはねかえして叫び続けます。泥んこ泥んこっ、わーい、わーいっ、て」

紗理奈は、ふう、と息をついた。そして、やっと、いつもの笑顔になった。

「あたし、歌さんになついてる、って事務所の人たちに言われてますよね。はい、その通りなんです。あたし、歌さんのこと、大好きなんです。ごめんなさい。歌さんがめんどくさいだろうな、というのはわかってます。でも……たぶん、あたし、勘がいいんですよ。だって、やっぱり歌さん、泥んこプールの秘密を探り出したじゃないですか。歌さんには、きっとわかる、わかって貰えるような、そんな気がするんです。いろんな不公平を背負って生まれてしまったり、いろんな不公平を背負わされて生きていくことになっちゃった人たちの気持ち、歌さんならわかる。あの事務所でそれがわかるのって、歌さんだけのような気がするんです」

それは買いかぶりだ。歌義は、泣きそうになりながら、紗理奈の言葉を聞いていた。

買いかぶりやで、そんなん。俺はそんなできた男とちゃう。

でも、嬉しかった。掛け値なしに、歌義は、嬉しかった。嬉しくて、嬉しくて泣きそうだった。

英美の心を開かせて、その心の奥にあるものを見つけ出す作業は、きっと難航するだろう。虐めはあったのかも知れないし、なかったのかも知れない。教科書やノートは、何かにキレて壊れた英美が破ったのかも知れない。でも、そうではなく、誰かに破かれたのかも知れない。まだ何もわからない。この先、焦らず、ゆっくりと、ひとつずつ解きほぐしていかなければならないだろう。それは遠くてそして、大変な道だ。泥だらけの、道だ。

でも、今、歌義は、自分という人間の価値を少しだけ、知った気がした。

自分は英美や紗理奈のような人々と一緒に、泥んこの中で叫ぶことができる、少なくとも、そう思って貰える人間なのだ。いや、そう思って貰える人間にならなければいけないのだ。

東京に出て来て半年。

ようやく歌義にも、自分の道、が、うっすらと、見え始めていた。

離婚詐欺師

1

「離婚詐欺？」

清州真紀は、形よく整えた眉をきゅっと寄せ、コーヒーをたっぷりと入れたマグカップを口元から離して聞き返した。

「なによ、それ。どういう意味？」

成瀬歌義は、真紀の前ではどうも萎縮《いしゅく》してしまう自分自身にひそかに腹をたてつつ、あえて軽い調子で続けた。

「だから、僕のクライアントが奥さんのことを離婚詐欺師だ、って言うんですよ。彼女は何度も結婚してはわざと離婚するように仕向けて、相手の男からふんだくった財産分与で金持ちになった女なんだ、って」

「ばっかばかしい」

真紀は、鼻先でわらった。

「あなたのクライアントがしみったれなだけでしょ。お金を払うのが惜しいからって、一《いっ》時《とき》でも一緒に暮らした女を詐欺師呼ばわりするなんて、随分な男ね、そいつも」

「まあしかし、客は客だもんな」

同僚の弁護士・高木敬次は、なんとかバーとかいう携帯栄養食をかじりながら、自慢のワンセグ対応新型携帯を見つめつつ言う。携帯をいじりながら会話に参加するなんて、器用な男だ。

「どんなにしみったれたイヤな奴でも、うちの客は夫の方で妻じゃないんだろ。だったら、その夫ができるだけ満足のいく結果を出してやんないと。仮にさ、最初から離婚の時の財産分与が目的で結婚したってことが証明できるなら、夫に有利だろう、確かに」

「いいえ、そんなんじゃだめ」

真紀が即座に否定した。

「離婚の時の財産分与をあてにしていた、って理由だけでは、結婚生活を破綻《はたん》させた責任は問えないし、第一、結婚前に離婚の時の財産分与について取り決めるなんて、今はそんな珍しいことじゃないでしょ。欧米のセレブでは、むしろ当たり前のことよ」

「ここは欧米じゃなくて日本ですからね」

高木はあくまでクールに言う。

「離婚を想定して結婚するなんて、倫理に反すると判断されても仕方ないですよ」

「どうでもいいけど、高木くん、お昼、それだけなの？」

真紀は、高木が手にしているなんとかバーを、おぞましいものを見る目つきで睨んだ。

「男がそんなもの食べてダイエットしてるの見るのって、なんかすごく気持ち悪い」

「それ、性差別ですよ、清州先生。困るなあ、弁護士が性差別発言なんかしちゃ」

「だって、高木くん、あなた別に太ってないじゃないの。なんでそんなもの食べてるのよ。いつもの、僕はグルメです、って主義はどうなったの？」

「あ、訂正させてください。僕がグルメなのは主義主張の問題ではなく、厳然たる事実です」

「何が厳然たる、よ。それでどうしてそんなもの、ランチにしてるのよ」

「これがなかなか、イケるんですよ。何より栄養素のバランスがいいですからね、午後も頭脳的に働く為には、栄養のバランスが大切なんです。ってさ、歌さん、その肉とあぶらもんばっかりのコンビニ弁当、それはやめた方がいいと思うよ、あんただってもうそんな若くないんだから」

歌義は、自分が食べているスタミナがっつり弁当を見下ろした。肉とあぶらもの、というか正確には、肉の揚物オンリーのおかずが、どかん、と入っている。とんかつ、メンチカツ、鶏の唐揚げ。

これのどこが悪いんや、コストパフォーマンスもいいし、何より、飯食ぅた、って満足感が味わえる。野菜かて、よく見るとちゃんと入ってるんやで。ほら、ピーマン。ほら、人参。じゃがいもかて入ってるやんか！

「成瀬くんは、そういうもの食べないと落ち着いて仕事出来ないタイプなんでしょ」

真紀がまたた、鼻先でわらうように言った。ほんま、むかつく女やで、いちいち俺のこと、田舎もんみたいに言いよってからに。ほんまやったら東京の方が京都より田舎なんやで、昔は都ゆうたら京の都て決《き》もてたんや。成瀬はぶすっとした顔のまま、ヤケクソで箸《はし》を動かした。

「ちゃんと嚙まないと胃を悪くするわよ」

真紀が言うと、母親に言われているみたいな気分になる。

「ほんと、見ただけで胸焼けして来た、成瀬くんの食べてるお弁当」

だったら見るなっ！

と怒鳴りつけてやれたらどれだけすっきりするだろうなあ。歌義は、しかし、真紀を怒鳴りつける自分、というのがどうにもイメージ出来ないでいた。確かにむかつく人ではある。でも、真紀にぽんぽん言われているのがなんとなく、最近では、慣れてしまったというか、意外と心地よかったりして……って、俺はマゾか。

歌義は、とにかく早く食べてしまおう、と黙々と箸を動かした。

「ほい」

そんな歌義の目の前に、ティッシュに載せた白い錠剤が差し出された。

「サプリでビタミンと食物繊維を補給しとけば、そういう乱れた食生活でもなんとかもつからさ」

高木が親切ごかしてにこにこ笑う。乱れた食生活。安くて腹がいっぱいになるありがたいスタミナがっつり弁当に対して、随分な言いようである。そもそも、薬をわざわざティッシュに載せるなっ、ティッシュに。なんかこいつの仕草って、女子高校生とかを連想させるもんがあるなあ。

それでも、無料の親切はありがたく受けることにして、歌義は箸で錠剤をつまんで口に放り込んだ。

「箸でつまむなよ、箸で！」

高木が生理的に我慢できない、という顔をする。それならティッシュだっておんなじくらい気持ち悪いぞ。お互いさまやんけ。

ペットボトルの麦茶をごくごくと飲んで、空の弁当箱に蓋をしてから、歌義は言った。

「だいたい、この日本で、計画的離婚なんてことを繰り返してもそんなに儲《もう》かるとは思えないですが。日本の場合、非があるとされた方に対してでも慰謝料はそれほど請求できないですからねえ」

「そうそう」

真紀は頷いた。

「世間的によく誤解されるけど、たとえば有名人が離婚した場合だって、高額の慰謝料なんてものはないものね、ほとんど。支払われるお金は大部分、財産分与か子供の養育費よ。ましてやごく普通の人の結婚生活が破綻したとしても、商売に出来るほど儲かるなんて有り得ない。よっぽど多額の財産分与があれば別だけど、財産分与ってのはあくまで、結婚生活継続中に夫婦のどちらかが稼いだお金は二人のものですよ、って理屈から行われるわけだから、短期間の結婚生活ではそんなものほとんどないことの方が多いわ。離婚詐欺を商売にするって言うなら、そんなに長期間結婚してるわけないんだし」

「保険金殺人とセットなら儲かるかも」

高木がさらっと物騒なことを言う。真紀は首を横に振った。

「最近は保険会社も自分たちで警察並みの捜査をする調査員をつかってるもん、結婚するたびに配偶者の死で高額の保険料を得ている人間がいたとしたら、支払いを保留して調査するわよ。それに、保険金かけて殺しちゃったんじゃ、離婚はできないじゃない。歌さんのクライアントは、生きてるうちに離婚することを言ってるんでしょ？　死別じゃなくって」

最近は、真紀まで歌義のことを歌さんと呼ぶ。確かに歌義は、京都にいる時、親しい人々から歌やんと呼ばれている。それを標準語にすれば歌さん、間違ってはいない。が、歌やん、と歌さん、とでは、ゴーヤとキュウリくらい違うと思う。色や形は似ていても、ゴーヤチャンプルをキュウリで作られたら普通は怒ると思うし、生のゴーヤにそのままもろみをつけても食えやしない。まさに、テイスト、が決定的に違うのである。

が、慣れとはおそろしい。歌義はすでに、同僚の弁護士たちから歌さんと呼ばれて過敏に反応する段階は過ぎてしまっていた。ひたすら聞き流し、頭の中で関西弁に翻訳する。怒ってみせたところで、なんで歌やんだとよくて歌さんだと悪いのか、彼らには理解できないのだから。いや、ほんとはきっと理解しているんだろうけれど、東京人たちに関西のアクセントや言葉をつかって欲しいと頼んだところで、やだあ、そんな漫才みたいなの、と一蹴《いっしゅう》されるだけなのである。

歌義は、おもむろに足下に置いた鞄の中からファイルを引っ張り出して開いた。

「えー、と。はい、過去三回の離婚とも、生別ですね。クライアントの高野光成《たかのみつなり》さんの妻、淑子《としこ》さん。彼女は、過去に三回の離婚歴があります」

「としこ、っていうの、その女性」

「はい。淑女の淑に子供の子」

「いくつ？」

「……三十四歳、かな。えっと、一九七三年生まれですから。光成さんは七歳年上の四十一歳」

「七三年生まれで淑子、って、ちょっと古風よね、名前」

真紀の言葉に、高木が首を傾げた。

「そう？　最近はまた、子の付く名前が増えてるらしいじゃない」

「三十四年前は最近じゃないわ。七十年代にはもう、子の付く名前より付かない名前の方が人気になっていたはずよ。完全に逆転したのは、もっとあとだろうけど」

「まあ、名前は本人が付けたわけじゃないでしょうから」

歌義は、なんでそんな無関係なことを気にするんかな、真紀は、と思いつつ、続けた。

「役所の書類で確認したわけではないんで正確かどうかはわかりませんが、光成さんの話によれば、淑子さんは、短大を出てすぐに、学生時代から交際していた男性と最初の結婚をして、たった一年で離婚しているそうです。それが一回目。その後、三年ほど区役所でアルバイトをして、そこで知り合った男性と二度目の結婚。二年後に破局。派遣社員やパートなどを転々としながら二年後にまたまた、仕事先で知り合った男性と結婚。三度目の結婚がいちばん長持ちして、二年半。それから二年後、またまたまた仕事先で知り合った、光成さんと結婚した」

「二十歳で卒業、二十一で離婚、二十四で再婚、二十六でまた離婚。二十八で再々婚して、二年半だから、三十一歳になる前だね、再々離婚、と、三十三歳で四回目の結婚したわけだから、今、結婚一年とちょっとか」

「清州さん、すごい記憶力ですね」

歌義は驚いたが、真紀はにこりともしなかった。

「このくらい記憶できなくて、法廷で相手の言葉尻をつかまえられる？　そんなことより、その淑子って人、美人なの？」

「会ったことがないので、なんとも言えないんですが」

歌義はファイルから写真を一枚、抜き出した。

「光成さんから借りた、結婚披露宴での写真です」

「ウエディングドレス着ると、たいていの女は実物より三割増しになるからねえ」

真紀は写真をちらっと見てふった。

「女にモテることが自慢の高木くん、どう思う、この人」

「ほほう」

高木は写真を見て、もったいつけて腕組みした。

「一般的に言えば、美人の部類に入るかどうかは微妙な顔でしょう。しかし、独特の色気というか、魅力があります。このタイプの女性は、見た目よりずっと男性関係が派手だったりするんですよ」

「何を聞いたふうなことを」

「って、評価しろって言ったの、清州さんじゃないですかぁ」

「三回も離婚してるんだから、男関係が派手とか地味とか、もはやそういう話じゃないでしょうが。わたしが知りたいのはね、普通に男から見て、魅力のある顔かどうか、それだけよ」

「まああありますよ、ね、歌さん」

俺にふるなよなぁ。歌義は、それでもとにかく写真を取り返した。

「友人の奥さんやったら、無理しなくても、美人の奥さんで羨ましい、と言える程度には美人やと思います」

「おっ、うまいね、歌さん」

「そんな気の利いたこと歌さんが言うの、初めて聞いたかも」

二人して俺をコケにしよってからに、と歌義は内心でぶんむくれた。

「男二人の意見を総合するに、この顔は男たらしである可能性大、ってことね」

「清州さん、そんな決めつけるみたいな。いつもの清州さんらしくないなあ、女性に厳しいなんて」

「あら、わたしはいつだって、同性に厳しい女ですわよ。愛があるから厳しくなるの。男なんて、どうなってもいいと内心思ってるから、男には甘いの」

「そうかなあ。男にも充分、厳しいと思いますけど」

「そんなことはどうでもよろしい。問題は、今回の依頼人は妻じゃなくて夫の方、ってことでしょ。つまり、歌さんがクライアントに満足して貰う為には、クライアントの言ってることが正しいって証明しないといけないわけよね。だけど、さっきも検討したように、離婚ってのは詐欺師が扱うには割の合わない、儲からないものなのよ。ってことは、仮にクライアントの言うように、この奥さんが離婚詐欺師なんだとしたら、お金以外のものが目的である、ってことになる。そのあたり、探る必要、あるんじゃない？」

「清州さん、このケース、やりたいみたいですね」

高木がニヤッとした。

「歌さん、清州さんに譲ってあげたら、このケース」

「ちょっと高木くん！　うちの事務所は、よっぽどのことがない限りは、個人で引き受けたケースを譲り渡すのは御法度。クライアントから解任されるまでは、歌さんがやるしかないわよ」

「だったら、手伝ってあげれば、清州さん。って言うかさ、これは俺の勘ですけどね、このケース、なんかこじれるんじゃないかなあ、って気がするんだよなあ」

「そんな、不吉なこと言わんといてください」

歌義は思わず関西弁で言ってしまった。

「離婚詐欺なんてもんは、そもそも、高野さんが勝手にこしらえた言葉です。離婚を計算して結婚する人がいたとしても、実際に結婚してるわけやから詐欺とは言わんやろし、仮に詐欺やと認定できても、結婚詐欺の変形に過ぎません。高野さんとしては、とにかく財産分与なしで離婚したい、そういうことやと思います。多少難儀はするやろけど、何しろ結婚生活が一年半しかないんやから、そんなに高額の分与はないやろし、慰謝料かて、常識で考えてもそんな払うケースやない。奥さんの当面の生活が成り立つようにしてやるくらいでおさまるところにおさまる、そう思います」

高木はまだ、ニヤニヤしている。

「歌さん、俺の勘ってけっこう当たるんだよ～。ま、歌さんの手におえなくなったら清州姫に相談することだね。姫はこの事務所一の離婚調停の達人なんだから」

歌義は憤然とファイルを小脇に抱えて、椅子を立った。

2

高野光成に直接会うのは、これが二度目だった。

最初の面談の時、ごくありきたりな離婚裁判だと歌義は思った。高野は弁護士を雇うのが初めての経験らしく、リラックスしてくださぃ、もう少し気楽に行きましょう、と何度か声をかけてみたのだが、一時間ほどの面談の間ひどく緊張していて、歌義に対しても堅苦しく敬語で武装したままでいた。年齢の割に白さの目立つ頭髪は、豊かで、だが最近は床屋に行っていないのか半端に伸びてあちこち外側にはねているので、どことなく芸術家のような雰囲気を醸《かも》し出している。が、服装はとても地味で、しかもさほど金がかかっていないのは、量販店の吊るしスーツをもっぱら愛用している歌義には一目でわかった。自分がいつも選ぶのと同じような光沢、同じようなぺらぺらさ。四十一歳で、営業職でもないのにこの手のスーツを着ていること自体、高野の経済状態が左団扇《うちわ》というわけではないことを物語っていた。高野は小さな印刷会社を経営していると言ったあとで、小声で、うちみたいな零細は今、ほんとに大変なんです、と付け加えた。

その高野が、電話で突然言い出したのが、妻が離婚詐欺師である、という奇妙な言い分だった。最初の面談の時のぎこちなさが嘘のように、高野は興奮し、言葉遣いも慣れを通り越して無礼に感じるほどぞんざいになっていた。が、電話では要領を得ず、歌義は、とにかく会って話しましょう、ということで今回の面談日を設定したのだ。

目の前に座る高野の外見は、前の面談の時とほとんど変わっていない。安物のビジネススーツに、結び慣れていないことが一目でわかる窮屈そうなネクタイ。スーツのズボンは丈《たけ》が合っていないのか、座ると靴下の上の方まで裾から見えてしまう。そうか、と歌義は合点した。このスーツは借り物なのだ。前に着ていたのと同じものなのかどうか、顧客のスーツの色柄まで正確に記憶する能力も趣味もない歌義にはわからなかったが、前の時も、高野の年齢や社会的立場からすると違和感をおぼえたくらいだから、どこか身体にぴったり合っていないところがあったのだろう。弁護士との面談なのだからスーツくらい着て行きたい。が、量販店の安物を買う余裕すらもなく、おそらくは身内で営業職をしている者にでも借りたのだ。高野の会社の経営は、相当に行き詰まっているのかもしれない。だからこの男は、離婚に際して一円も払わずに済むよう、妻が離婚詐欺師だ、などと突拍子もないことを言い出したのか……

歌義は、慎重に言葉を選んで切り出した。

「お忙しいところを御足労いただき、申し訳ありませんでした。お電話で伺ったお話が今ひとつ呑み込めなかったものですから、早急に事実を確認しておいた方がよろしいだろうと思いまして」

「わたしの言うことは信じられない、そういうことでしょうか」

「いえ、信じる信じないの前に、お電話の内容について、わたしの理解が足りないところがあるように思ったんです。つまりその……高野さんがお使いになった、離婚詐欺、ということについてなんですが」

「結婚詐欺の反対だから離婚詐欺、ですよ。結婚詐欺ってのは、結婚すると嘘をついて金を巻き上げることでしょう? 淑子は、離婚するたびに相手から金を巻き上げて来た。結婚はするが、最初からすぐに離婚するつもりだったんだ。ですから、離婚詐欺、だと言ったんです」

「言葉尻をとらえたり揚げ足を取るつもりではないので誤解しないでいただきたいんですが」

歌義は、冷めかかった茶をすすってから言った。

「仮にですね、結婚生活を長く続けるつもりは最初からなく、愛情も持たずに財産分与目当てに結婚する人がいるとしたら、それもまた、結婚詐欺の一種でしょう、離婚詐欺、ではなく。離婚詐欺と呼べるのは、離婚してあげるからと財産分与を受け取っておきながら、いつまでも離婚に応じないケースがあてはまるのかな、強いてあてはめるのでしたら。しかし、同時に何人かと結婚することはできませんから、いつまでも離婚しなければ次の詐欺ははたらけない。相手を騙す意図があったとしてもなかったとしても、いつまでも離婚しない、という状態で自分も袋小路につきあたっているケースを、詐欺、とは言えないでしょうね」

「そんな、言葉の問題なんかどうでもいいでしょう! 要するに、淑子は、わたしの金が目当てで結婚したんだ! これまでも何度もそうやって、離婚するたびに金をせしめていたんだから、淑子は詐欺師なんだ！」

「本気で離婚訴訟を起こすおつもりでしたら、言葉のひとつひとつがとても重要になります。確証もないまま相手を詐欺師呼ばわりなどしたら、かえって奥さんに有利な裁決が出てしまうでしょう。あなたという人が、それだけいい加減で乱暴な人だと判断されてしまうからです」

高野は怒りを顔にあらわし、何か言いかけたが、精いっぱい自制したのだろう、言葉を呑み込むように喉仏《のどぼとけ》を上下させると、小さく頷いた。

「……わたしは……裁判なんてもんはしたことがないんです。言葉の使い方をちょっと間違えたくらいで、そんな、乱暴もんだと判断されるって言うなら、気をつけます。なんでも先生の言いつけは守ります。だから、どうか、淑子に金を巻き上げられないで済むようにしてください」

高野は頭を下げた。

「今は一円の金も大事なんです。そんな、淑子にくれてやる金があるくらいだったら、未払いの賞与をちょっとでも従業員に払います。まだ夏のボーナスを払ってないんですよ。払えないんです。給料だって、このままだと来月は全額支給できるかどうか……苦しいんですよ。会社が正念場なんです。正直、弁護士なんて贅沢なもんを雇う余裕なんてないんです。でも淑子は離婚慣れしてて、わたしひとりじゃ、裁判になったらとても勝てない。

淑子に金をむしり取られるくらいだったら、弁護士費用に払う方がまだ我慢できる、そう思ったから……」

「そんな、頭は上げてください。言葉について御注意申し上げたのは、裁判では言葉尻をとらえた攻撃や揚げ足取りが、頻繁に行われるからなんです。要するに、離婚訴訟などは、要は口喧嘩の勝負なんです。不用意な言葉を使えば、普段の生活でも不用意な発言が多く、粗忽《そこつ》だ、乱暴な性格だという印象を与えてしまうかもしれません。奥さんを詐欺師だと言うのは、裁判では危険なんです。もちろん、刑事罰の対象になるような詐欺の証拠があれば別ですよ。しかし、そんなものはこのケースでは、見つけようがないでしょう。仮に奥さんに、最初からすぐ離婚するという下心があったにしても、入籍してきちんと結婚はしているわけですから、結婚詐欺も立証は難しい。しかも奥さんは離婚調停にはちゃんと応じると言っている。自分から勝手にあなたの財産を持ち出したり着服したわけではなく、調停結果として提示された金銭で折り合うつもりだという態度でおられる以上、そこに犯罪性を見いだすのは無理です」

「調停で済みっこないんだ。だから弁護士先生にお願いするんです。わたしも淑子の過去の離婚について調べたんですよ。細かい内容まではわかりませんでしたが、最初の一回は調停もした形跡がない。しかし、少なくとも二度目、三度目の離婚では、淑子に大金が支払われているんです。会社の経営は確かに苦しいが、わたしにはまだ、土地だとか車だとか、自宅だとか、わたし名義の財産がいくらかはあるんです。それらに目をつけたから、淑子はわたしと結婚したんだ。裁判に持ち込んででも、金を巻き上げるつもりなんですよ！」

「まず、整理して確認していきましょう、ひとつずつ。前回のご相談の時には、離婚理由については性格が合わない、とおっしゃいましたね。その点をもう少し、詳しく話していただけませんか。性格の不一致、というのは、表向きの離婚理由ではよく使われる言葉ですが、それだけでは何の説明にもなりませんよね。いったいどういった点で、生活を一緒にしていくことが困難だと感じたのか、そこを話してください」

「だから、この前も話した通りですよ」

高野は口ごもるように下を向いた。

「その……何かこれってことがあったわけでは……ただ、とにかく窮屈になってしまった。淑子と暮らしていると息苦しいというか……」

「たとえば、細かいことで口うるさく文句を言われた、とか？　よくありますよね、風呂上がりにタオルを巻いただけでうろうろしていると怒られるとか、食事の仕方が悪いと指摘されるとか。トイレの便座を上げっぱなしにしただの、テレビを見ている時におならをしただの、そんなことが原因で大喧嘩する夫婦もたくさんいますし」

高野は必死に考えているようで、黒目が左右に動き、こめかみのあたりには汗の玉が浮かんで来た。が、たっぷり二分以上黙って考えたあげく、吐き出すように言った。

「……そういうことは……淑子は言いませんでした。文句みたいなことは、ひとつも」

「ひとつも、ですか？　まったく？」

「……たぶん。わたしが憶えている限り、わたしのすることに文句をつけられたってことはなかったと思います」

「では高野さんご自身、神経質な方ですか？　身だしなみや部屋の整理整頓など、ご自分から率先してされるとか」

「いいえいいえ、そんなことは。わたしはその……どちらかと言えば、あまり物事に構わないというか、だらしない方だと思います。風呂から出たら真っ裸でうろつくこともありますし、飯も、そんな上品に食べたりしないですよ。味噌汁を飯にぶっかけるなんてこともよくやります。トイレの便座のことなんて、今の今まで気にしたこともなかった。たぶん、上げたら上げたまんまです。淑子は……そういうことに対しては、その、おおらかです」

歌義は、一息おいて別の方向から攻めてみることにした。

「それではですね、淑子さんがあなたに四六時中くっついていて、それが窮屈だ、とか？　どこに行くにもついて来る、高野さんがひとりで外出すると不機嫌になる、淑子さんの目が届かないところで高野さんが何をしていたか、事細かに知りたがる。つまり、高野さんを束縛したがる、というような感じですか」

「いや」

高野は困ったような顔で首を横に振った。

「そういうことも……しなかったです。そんな女じゃないです、淑子は。そんなタイプじゃない……」

歌義は困惑した。だらしのない夫にもおおらかで、嫉妬深くも詮索好きでもない妻。それでどうして、息苦しい、などという言葉が高野の口から出て来たのか。

「しかし、先ほどおっしゃいましたよね。奥さんといると窮屈で息苦しく感じるようになった、と。具体的に、奥さんがどんなことをしたり言ったりした時にそう感じられたんですか。この点、離婚に正当な理由があるかどうかの大切なポイントなので、どうかよく考えて、細かいことでもいいですから思い出して教えてください」

高野は、歌義の言葉を理解しようと懸命になっているように見えた。が、なぜなのか、絶望的なまなざしを歌義に向け、最後にはへらへらと薄笑いを顔に浮かべた。

「……いやその……どうしてなんでしょうね……思い出せないんです。先生にそうあらためて聞かれて、考えてみると……淑子がわたしに対して、何か言ったとか何かやったとか、そういう具体的なことが思い出せません」

「高野さん」

歌義は声が険しくなりそうなのを抑えて言った。

「具体的に奥さんがあなたを追いつめた、あるいは、あなたの家庭での生活を窮屈で耐え難いものにした、という事実がなければ、離婚したいというのはただのあなたのワガママになってしまいますよ。ここまでのお話では、奥さんには妻としての落ち度がまったくない。もちろん、ただのワガママでも相手が離婚に同意すれば離婚することはできますが、その場合、ワガママを言い出した方がそれ相応の慰謝料を払うのが、社会的には常識です。そして財産分与も、法律にのっとった範囲できっちり行うしかありません。奥さんにお金を払いたくないとあなたがいくら言っても、奥さんの側の落ち度が大きいと客観的に認められなければ、家庭裁判所の判断は当然ながら、奥さんに有利になされますよ。というか、はっきり申し上げて、どんな調停委員も裁判官も、今の話だけ聞けば、みんな奥さんに同情すると思います」

「わ、わたしの言うことは、信じて貰えないんですか」

歌義は首を横に振った。

「まず無理です。家事をおろそかにするわけでもなく、あなたの生活に過度に干渉するでもなく、言葉や行動であなたを追いつめたわけでもない。ただあなたが一方的に、奥さんといると息が詰まると感じるだけ。これでは、離婚うんぬんを考える前にまず、あなたの心臓の検査をおすすめするしかありません。奥さんと無関係に、息切れや動悸があるなんてことは、考えられませんか」

高野は泣き出しそうな顔になった。

「確かに、不整脈はあるんです。……心電図は毎年とってもらってますが……だけど、そんなことじゃない。そんなことじゃないんですよ。淑子は……淑子はわたしを……わたしを……」

高野は、やっと何かに思いあたった、という顔になって叫んだ。

「無視するんです！　そこにいないものみたいに、いや、違う、そうじゃなくって……淑子は、誰か別の男と暮らしているんです、わたしの家で！」

3

「なんなの、それ」

半透明のぐい呑みに満たした冷酒を、真紀はくいっと一口に飲んだ。

「意味がわかんないじゃない」

「俺にも、いや、わたしにもさっぱり、わけがわからないのです」

「俺、でいいわよ。プライベートタイムなんだから。それにその、妙に丁寧な標準語もやめて」

「気がゆるむと関西弁が出るんで」

「出せばいいじゃない。顧客の前では関西弁でまくしたてるのはまずいけど、飲み屋にいる時は地でいれば。そのくらいの使い分けができないようじゃ、ストレスでそのうち、ぷっつんするわよ、歌さん」

その呼び方がいちばんストレスを感じるんだが、と、歌義は思った。

「この件はなんかヤバそうね。依頼人を精神科にみせるのがいちばん正しいとわたしは思うな」

「それも考えたんですけどね」

歌義は、ハモの白い身に懐かしさを感じながら箸をのばした。

「でも淑子が過去に離婚を繰り返している点は事実です。もうちょっとそのあたり、探ってみないと、依頼人が妄想を抱いていると決めつけることはできないな、と。それに妄想なら、俺の質問にあんなに生真面目に答える必要はないわけですよ。淑子が自分に対してひどいことをしたって、でっちあげればいいんだから」

「それは違う。妄想ってのは、いだいている本人には現実、事実なんだから、それを嘘で補強することはできないのよ。本人が事実だと思って虚構の話をするならともかく、嘘だとわかっていることは言えない」

「なんかややこしいなあ」

「人の心はいつだって、ややこしいものです」

真紀は梅肉《ばいにく》をまぶしたハモを口に入れて、酸っぱい、と顔をしかめた。

「そんなに梅をまぶしたら、そら酸っぱいですよ。そんなんしたら、ハモの繊細な味はわからんと思うけど」

「歌さん、ほんっとそういうとこだけ小舅《こじゅうと》みたいよねぇ。ちゃんとこれつけて食べなさい、って出て来たんだから、どう食べようとわたしの勝手」

これやから、関東の女はあかん。食いもんの味がわからん。歌義がそう思ったと同時に、真紀は歌義の脇腹を肘《ひじ》でついた。

「その顔、それよ、それが気にいらない！　関東の女はあほやから味がわからん、って今、思ったでしょ！」

「あ、あほやから、とは思ってません」

「ほーら、やっぱり思ったんだ、味がわからん、あかん、って。もう、歌さん、あなたそんなにお腹の中にあることが顔にはっきり出てたんじゃ、弁護士として大成するのは無理よぉ。ちょっとは気持ちを見透かされないようにポーカーフェイスの練習しなくちゃ」

「正直が俺の取り柄っすから」

「あらやだ。法律家ともあろうものが、そんな非論理的なこと言わないでよね。心の中にあることを見透かされないようにする、ってことと、嘘つき、ってのはまったく別のものでしょ。正直な人間でも、時と場合で気持ちを押し殺す、ってのはできるし、しないといけない場面もあるんじゃない？　なんでもかんでも顔にまるまる出すのは、正直なんじゃなくて、無神経なのよ。歌さん、これは真面目に言うんだけどね、そのへんのこと錯覚するのって、実は弁護士にはいちばんまずいことなんじゃないかな。まあうちの事務所は八割以上が民事だけどさ、刑事を扱う時には、弁護する人の、文字通り人生がこの肩にどかっとかかっちゃうわけでしょう。被告人にとっては、弁護士の顔色がものすごく重要なことになるんじゃない？　情勢が不利だ、予想より厳しい判決が出そうだ、って時にさ、それがそのまんま顔に書いてあったんじゃ、被告人に希望なんかなくなっちゃう。逆に嘘でもはったりでも、わたしにまかせておけば心配いりません、って顔に書いてあれば、被告人も少しは心強い。自分は正直なんだから、相手を不安にさせたり不愉快にさせたりしても仕方ないんだ、って考え方は、我々の仕事には馴染まないと思う」

ハモの食べ方から説教に至る経緯はかなり無理矢理な気もしたが、真紀の言うことは正しい。歌義は、自分が単細胞だ、ということをあらためて思い知った。昔からそうだった。成瀬は嘘つけんもんな、成瀬やったら嘘は言わんやろ、と、周囲からいつも言われて、それが内心自慢だったこともある。が、よくよく考えてみれば、それらの言葉は賞賛である場合よりも、皮肉である場合の方が多かったのだ。

「やあねえ、また顔に出た。そんなに素直に反省されちゃうと、次の一手が打てなくて困るじゃないの」

真紀が笑った。

「あなたもうちの事務所に来て、そろそろ一年よ。わたしがこういう性格だってわかってるんだから、いちいちそうやってしょげないでよ。わたしにとってはね、こうやっておいしいもの食べておいしいお酒を飲みながら、男の部下に説教するのが人生の楽しみのひとつなんだから」

「まるでオヤジっすね」

「よく言われる」

真紀はうなずいて、手酌でまた冷酒を飲んだ。

「それはともかく、高野さんの件だけど。整理すると、つまり、妻の淑子は高野と暮らしていながら、そのひとつ屋根の下に男を引っ張りこんでる、ってこと？」

「いやそれが、実在している男、やないと思います。俺もなんやさっぱりわからへんかったんやけど、要するに高野さんは、淑子が、まるで他の男と暮らしているみたいに振る舞うんで、それで精神的に追いつめられてるってことで」

「ちょっと待って。じゃ、妄想を抱いているのは高野の方でなく妻の方かもしれないじゃない！　妻の淑子、彼女が心の病にかかっていて、いもしない恋人だか間男だかがそこにいると思い込んで振る舞っているのかも」

「高野さんはその可能性も疑い、淑子を精神科医にみせてます。でも医者は、正常ではないと思われる点はひとつもなく、淑子本人も、そんな男がいると思ってなどいない、と医者に言うたそうですよ。俺、詳しいことはわからんのですが、たとえば統合失調症のような精神疾患のせいで妄想を抱いているとしたら、それを否定するゆうのは変ですよね」

「うんまあ……でも、直接わたしが担当した事件じゃないけどね、前にこんな例もあったのよ。結果としては統合失調症って診断が出たんだけど、病気のせいで被害妄想におちいったある人が、知人が自分を殺そうとしていると思い込んで、殺される前にその知人を殺そうと計画したのね。それで、捕まっても刑務所に入らなくて済むように、統合失調症のふりをしようとした。で、妄想を抱いていると周囲に思わせるため、見えない人間がそこにいると騒いだり、宇宙人が襲って来るとか言い始めた。その人はそんな芝居を半年近く続けて、医者にも通って薬も処方されて、診断書まで用意して、それから知人の殺害計画を実行したんですって。幸い、殺人は未遂で終わったんだけど、裁判では当然のことながら、その人の精神鑑定で大揉めに揉めたみたい。本人は、自分は統合失調症のふりをしているだけだと思っているわけだけど、罪を軽くして貰う為に病気のふりを続ける。弁護側も病気だと主張する。ところが、専門家は首をひねる。そうこうするうちに、その人がつけていた日記が発見されて家族がその提出に同意して、その日記には、病気のふりをする計画が事細かく綴《つづ》られていた。で、仮病だったと結論が出そうになった矢先に、専門家が鑑定結果として、やっぱりその人は病気だ、と言った」

「何がなんやらわかりませんね」

「そうなのよね。要するに、あれね、芥川龍之介《あくたがわりゅうのすけ》状態」

「藪《やぶ》の中、ですか」

「そう。でもね、精神鑑定が数回繰り返されるうちに、次第に真実が見えて来たんですって。つまり、いちばん最初の殺意そのものが、実は病気による妄想から来たものだった、って。そういう例もあるから、妄想を否定したからと言って妄想を抱いていない、とも言い切れないと思うわよ。具体的には、淑子がどんなことをするって言ってるの、高野さんは」

「宙に向かって微笑んだりするんだそうです」

「宙、って、何もないところ、ってこと?」

「そうみたいです。誰もいない方を見て、にっこり。たまに頷いていることとかもあったらしいですね。そして高野さんが喋っているのに上の空のことが頻繁にあったらしいです。会話がかみあわないというか、淑子がまるっきり高野さんの言葉を聞いていないふうやったとか。それから、食卓に箸が一膳余計に出されていたこともあって、それを指摘すると、一瞬、ぽかんとしたそうです。何で箸が一膳余計に出ていて悪いのか、みたいな感じで。それから、ハッとして、慌てて箸をかたづけた。しまい湯に入ったはずなのに、出る時に種火を落としていないこともあって、それを注意したら、あとに入る人がいると思った、なんて返事をしたとか」

「ちょっとお、なんかそれ、オカルトっぽくない？」

「高野さんも、最初は気味が悪かったと言うてました。幽霊なんて信じないけど、淑子にはなんか見えてるのかも、と思ったて。けど、段々日が経つにつれて、そうではなくて、淑子が自分をからかっている、他の男と暮らしている素振りをすることで、自分を無視しようとしていると思うようになったみたいですね。それで淑子の過去を調べたら、何度も離婚していて、そのたびに金をせしめていたことがわかった。それで、淑子の腹が読めた、と」

「うーん」

真紀は複雑な顔で笑った。

「なんか、高野の言い分にも無理はあるわよねえ。夫と離婚しようと考えて、そんなしちめんどくさいことする女なんているのかしら」

「いませんか」

「いないと思うなあ。……でもまあ……妄想でもオカルトでもないとしたら、淑子に何らかの企《たくら》みがあることは間違いなさそうね。で、どうするの、歌さん。これからの方針は」

「とにかく、淑子って人が前の結婚生活でどんなふうだったのか、どうしてあんなに離婚を繰り返しているのか、そのへんを調べてみようと思ってます。前の夫に、できれば全員に会って、話を聞きます」

＊

三人の元夫とは連絡がついたが、相手の都合に合わせたので、最初に話を聞くことになったのは、淑子の二人目の夫、佐藤光則《さとうみつのり》だった。佐藤は今でも、都内某区の区役所に勤めている。仕事は各種施設の管理関係らしい。

昼休みに、役所の建物からはかなり離れたファミレスで待ち合わせた。たぶん、同僚に、弁護士と会っているところを見られたくないのだろう、と歌義は思った。

「淑子とは職場で知り合いました。バイトで来てましてね、離婚歴があることは、最初の歓迎会か何かで自分から口にしていましたから、もちろん知ってましたよ。でも学生結婚だったとか聞いたので、若気のいたりってやつだろうと、さほど気にはなりませんでした。わたしの両親は、淑子が再婚ってことにちょっと抵抗があったんですが、でも新婚時代から親とは別居でしたし、実家を訪ねた時も、父や母が淑子に冷たく接したとか嫌味を言ったなんてことは、なかったですよ。少なくとも、そういうことが原因での離婚じゃありません」

佐藤は、ランチのハンバーグを頬ばりながら淡々と話した。

「あらためて考えてみると、離婚の原因がなんだったのか、実は今でもはっきりしないいんですよ。結婚生活はたった二年で終わったわけですからね、よほど我慢できないことがあったんだろう、と誰だって思いますよね。でも、なんて言うのかな……何かひとつの決定的な事柄で別れた、というんじゃないんです。わたしは誓って浮気なんかしてませんし、淑子もそんな気配や素振りはなかった。その点は疑ってませんでした。でもね、なんだかよくわからないうちに、わたしの気持ちは彼女から離れてしまったし、彼女の方も、そんなわたしの心をつなぎ止めたいとは考えていなかったような気がします。要するに、会話がなくなっちゃって、それからその……夫婦生活もなくなっちゃったんです。たった二年で、冷えてしまったんですよ、すっかり。本当は、そこで二人して努力していかなくちゃいけなかったんでしょうね。早過ぎる倦怠《けんたい》期を乗り越えようとしないと。でも、とにかく淑子には、結婚生活を続けたいという気持ちがないみたいに思えたんです。なんと言えばいいのかなあ。彼女は……結婚しているのに、わたしを必要としていなかった」

「それはもしかして、淑子さんが、あなたの前で他の男性がそこにいるような素振りをしていた、ということではありませんか」

「……どういう意味です？」

「いえ、その」

歌義は、先走ってしまったことを後悔しつつ言った。

「先ほどお話ししましたように、現在の淑子さんのご主人が離婚を望んでおられるわけですが、その理由のひとつとして淑子さんが、そういった振る舞いを頻繁にするということを挙げていらっしゃるんです。それでその、佐藤さんと結婚していた間にもそうした素振りが見られたのではないかな、と」

「そうしたって、つまり、わたしの前で、他の男に話しかける、ってことですか？　そこにはいない男に？」

「話しかける以外にも、仕草や素振りをされていたようです」

「ちょっと待ってください」

佐藤はコップの水を飲んで苦笑いした。

「淑子は……少なくともわたしと結婚していた頃は、精神的におかしくはなかったですよ」

佐藤は首を静かに振った。

「もし今、淑子がそんなおかしな状態になっているんだとしたら、気の毒に思いますし、わたしで出来ることがあるならしますよ。でも正直、愛情はもうありません。結婚を決意した時でさえ淑子を愛していたのかどうか、愛していた、と言い切る自信はないかもしれない。ただ彼女は、妻として理想的に見えたんです。こんな言い方をするといかにもひどい男ですよね、わたしは。ですが、弁護士さんにはありのまま、知っていただく方がきっといいと思います。わたしは淑子と出逢った時、もう三十六でした。周囲から、そろそろ結婚したら、というプレッシャーを受けていて、自分でも早く結婚したかったんですよ。あまりにも月並みなんですが、自分の子供ってものを持ちたくて。わたしは、その、要するに、身のほどを知っている人間なんです。これからの人生でわたしがものすごい成功をおさめるなんてことは、たぶんありません。可もなく不可もなくでいいから、クビにならずに定年まで役所勤めをして、無難に歳をとりたいと思っています。そして子供を持って平凡だが温かい家族と暮らす。あの頃もそう考えていました。で、そこに淑子があらわれた。バツ一とはいえ、淑子はわたしのような男の妻には理想的に思えたんですよ。とびきりの美人ではないから余計な気苦労はしなくて済みそうで、でもなかなか色っぽいところもあって、こんな女性と結婚できたらラッキーだな、ぐらいには思える。そしてどちらかと言えば控えめで、でも決して暗くもなくて、頭も悪くはなさそうだけど野心があるようにも見えない。しかも彼女の両親はふたりとも亡くなっていました。将来、妻の親の面倒をみる心配はいらないし、妻の実家に気をつかう必要もない。要するにわたしにとって淑子は、最初から、妻候補だった。淑子に惚れていてもたってもいられなくて結婚を申し込んだというのではなく、結婚する相手としてふさわしいと思ったから、映画に誘ったんです。わたしは計算ずくだった。そして淑子もたぶん、そんなわたしの本心には気づいていたと思います。でも彼女はプロポーズを受けた。つまり、愛だの恋だのではなく、現実的な結婚生活を受け入れるつもりだった、ということでしょう。たった二年でお互いの気持ちが冷たくなっちゃったのは、はじめっから情熱が不在だったせいなんです」

佐藤は、運ばれて来たコーヒーをすすって微笑んだ。

「しかし、わたしは結局、そういう形でしか人生を選択できない人間なんです。実は、わたし、二年前に再婚しましてね、今、妻が最初の子を妊娠中です。妻は小学校の保健室に勤務している養護教諭です。見合いというか、知人の紹介です。妻もわたしに似て、平凡で人並みであることを愛する人間です。相変わらず、情熱よりも現実、でした結婚です。でも、うまくいってます。淑子とは三度目の結婚記念日を迎えられませんでしたが、今度は大丈夫でしょう。淑子が今、精神の病で苦しんでいるんでしたら、できる範囲で助けたいと思います。淑子と別れたいと思っている今の旦那さんに役に立つ証言はできませんよ。淑子に大きな落ち度はなかったんです。落ち度というなら、わたしの方が大きかったと思います」

「精神的な病なのかどうかはまだ……淑子さんが離婚を頻繁に繰り返していたということについては、どう思われますか」

佐藤はまた首を振った。

「……わたしみたいな男が多いんだろうな、くらいにしか」

「離婚の際、四百万円という多額の現金をお渡しになっていますよね。たった二年の結婚生活に対する慰謝料としては、高いように思えますが」

「高いですか。うーん、しかしわたしはあれでよかったと思ってますよ。四百万は、マンションを売却して出た利益なんです。結婚する時に、たまたま不動産価格が底だと言われていたこともあって、マンションを買いました。で、二年後に離婚で売却したところ、駅の近くだったことで思いがけず値上がりしてましてね、利益が出ました。でも物件を決めたのは淑子だったんです。淑子が、これはいい部屋だから、損はしないと思うと言ったんですよ。その通り利益が出たので、その利益は淑子のものだとわたしは思いました」

「素晴らしい勘ですね。バブルが崩壊して以降、素人が不動産で利益を出すのは困難になっているのに」

佐藤は、頷いて、小さな溜め息をひとつついた。

「ほんとにね……淑子には、なんかそういうのを予感する能力があるのかも。そう言えば彼女、言ってましたよ。運命はそう簡単には変えられない、だからいい運は逃したらいけないんだ、って」

佐藤は、そう言ってから小首を傾げた。

「あれ？　そう言えば……」

「何か気づいたことがありますか」

「いや、たいしたことじゃないんですが。その、さっきの話ですが、淑子が、まるで別の男がそこにいるかのように振る舞うとかいう」

「ええ。現在のご主人が、淑子さんのその振る舞いをとても気にしていらっしゃるんです」

「茶碗と箸を余分に食卓に並べたことが……ええ、ありましたね、ありました。箸と茶碗、それに水飲みのコップまで、テーブルの上に三人分用意されていたことが」

「その時、あなたと淑子さんの他には」

「誰もいませんよ。結婚して、淑子が買った方がいいと言ったマンションで新婚生活を始めたんですから。子供もできず二年、ふたりきりです。職場が一緒だったので共通の友人はいましたから、そういった人たちに遊びに来て貰って、食事も出したことはありますよ。でもそれなら、余分な箸や茶碗ということにはなりませんからね。明らかに、ふたりきりなのに一人分、多く用意されていたことがあったんです。それも、今思い出してみると、一度きりじゃなかった。……二、三回はあったと思います」

「その時、淑子さんは何と?」

「ついうっかり癖が出て、って言ってました」

「癖、ですか」

「ええ。わたし、淑子の前の結婚については詳しいことをほとんど聞いていないんです。

なので、ああ前の結婚の時は、お姑さんか誰かが同居していたんだな、と思いました。淑子にしてはうっかりしてるな、とは思ったけど、むしろそういうおっちょこちょいな面が見えて楽しいと感じたくらいですよ。変だとは思いませんでした、まったく。あの、もしかして、淑子の前の結婚ではそうした同居人というのは……」

「まだ詳細まで調べてはいないので、正確にはわかりません」

「そうですか……だけどもし、そういった同居人がいなかったとすると……やっぱりおかしいですよね、一人分、余分に茶碗を並べるってのは」

＊

次に話を聞いたのは、三人目の夫、鹿島勝也《かしまかつや》だった。鹿島は医療機器のリース会社の営業マンで、昼休みもろくにとれないほど忙しいらしい。歌義と待ち合わせしたのも、鹿島が日参している大学病院の食堂だった。新築の豪勢な大学病院で、その最上階に、スカイレストランという名でその食堂はあった。病院の食堂なんて学食と大差はないだろうくらいに思っていた歌義は、ファミレス顔負けの明るく広々とした店内と豊富なメニューに度肝を抜かれた。しかも客席の奥には個室らしい部屋もあり、貸し切り受付いたします、と書かれている。メニューは和洋中と揃っていて、いちばん値の張る黒毛和牛ステーキコースとなると、三千五百円という値段がついていた。かと思えば、月見うどんは四百円、コーヒーは二百円。展望のいい十七階のスカイレストランであると思えば安い。病院ゆうのは不思議な場所や、と歌義はあらためて思う。

「すみません、こんなところまで」

鹿島はぺこぺこと頭を下げながら歌義の前に座った。歌義も慌てて礼を言う。営業職だけあって、腰が低い人だと感心する。

「病院のレストランがこんなに立派になっているなんて、知りませんでした」

歌義が言うと、鹿島は大きく頷いた。

「ここ数年、どんどん変わってますね。高級化しているし、サービスも巷《ちまた》のレストランと変わりません。病院が直接経営してるのではなくて、テナントとして本職に入って貰っているからでしょう。こんなでかいビルを建ててしまうと、テナント貸しもしないと元がとれないんですよ。一階の奥にはチェーンのコンビニとか、有名な花屋さんとかも入ってますよ」

「東京はどんどん進みますねえ」

「成瀬さんは、関西ですか」

「あ、やっぱりわかりますか。イントネーション、おかしいですか」

「いくらか違うな、と感じます。でもいいですよ、無理して東京に合わせなくても。関西弁、僕は好きですよ。僕の今の妻も、神戸の出なんです。前の妻と離婚してから、友人と神戸に遊びに行った時、元町でね、ナンパしちゃったんですよ」

鹿島はあたまをかいた。

「たまたま向こうも二人連れで。三十も半ばを過ぎてからナンパってのは恥ずかしいんですが」

「いい縁になったんですから、いいじゃないですか」

「まあ、結果的にはそうなんですけどね」

鹿島はレモンティーとサンドイッチを頼んだ。

「昼飯、食べながらでいいですか」

「もちろんです。どうぞご遠慮なく。それで、電話でお話ししたように、元の奥さんのことについて少しお伺いしたいと思いまして」

「はあ」

鹿島は、人当たりの良さそうな顔を少し曇らせた。

「でも話すことなんてあるのかなあ。結婚生活は三年なかったんですよ」

「そのようですね。それでも、元の奥さんである淑子さんの結婚歴の中では、あなたとの生活が最も長いんです」

「そうなんですか？　へえ……いや、僕と結婚する前に二度離婚してるのは知ってましたが、どのくらい結婚していたとか細かく聞いてなかったもんで。いずれにしても、あの歳で僕が三度目ってことは、長続きはしなかったんだろうな、とは思ってましたけど」

「ご結婚される時、そのことは気にならなかったですか」

「うーん、全然気にならなかった、と言えば、嘘になると思います。でもね、僕はそんなに恋愛経験豊富なわけじゃなかったんで、その、なんというのかな、盛り上がっちゃったら視野狭窄《きょうさく》に陥った、と言うか」

「淑子さんと結婚したいという思いが強くて、二度の離婚のことも意図的に無視して気にしないようにした？」

「そうそう」鹿島は頷いた。「その通りです」

「淑子さんはとても魅力的だったわけですね、その時のあなたにとって」

「たいして美人じゃないんだけど、なんだろう、彼女はなんとなく、妻として理想の女に見えるタイプなんですよ。ある意味、彼女のせいじゃなくて男の方が勝手にそう思い込むわけだから、彼女も気の毒なんだろうな。男なんてしょせん、口ではいろいろいいこと言ってても、妻を選ぶ基準は保守的なもんですよね。あんまりキャラの立った女とか、強過ぎる女、稼ぎの良過ぎる女と結婚するだけの自信なんて、少なくとも僕にはありませんでした。営業なんで給料はそこそことは言え、出張ばっかりで家にいる時間は短いでしょ。ものすごい美女なんかと結婚したりしたら、妻を退屈させたりかまわないでほっといたりしたら、他の男に目をつけられるんじゃないか、なんて心配になりそうだし。バリバリ働いて、家事は半分こよ、なんて言われたら、嫁さん貰ってまで飯作ったり洗濯したりさせられるのかと思うと、そんなら独り者でいた方がいいや、と思っちゃうし。ほんと、世の中にはすごいキャリアウーマンと結婚してる人とかいるでしょう、尊敬しちゃいますよね。僕は駄目なんです。結婚するなら、身の回りのことは全部やって貰いたいし、浮気の心配なんかさせられるようなうわついた女はごめんです。まあそんな僕にとって、淑子は理想的に思えた。控えめだけど賢くて、家事なんかさせたらいかにも上手そうだったし、話していてもね、それとなく男をたててくれるところがあって、心地よかったんです。子供も好きみたいで、僕もせっかく結婚するなら子供は欲しかったですしね。打算と言われればそうだけど、でもやっぱり、僕はそんな淑子の性質も含めて惚れていたんだと思います」

紅茶とサンドイッチが運ばれて来ると、鹿島はせわしなく食べた。歌義は、あまりにも速いスピードで食べ物が消えていくのを呆気にとられて見ていたが、皿が空《から》になったところで我にかえった。

「すごいですね」

歌義は思わず言った。

「わたしも早食いの方ですが、やはり営業マンはパワーが違いますね」

「すみません、下品で」

「いえそんな……やっぱり昼休みなんか、ゆっくりはとれないんですか」

「そういうわけでもないんですけどねえ。僕は不器用なんです。どうも、同僚と同じように要領よくできなくて。同じ結果を出すのに僕は余計な時間がかかるみたいなんですよ。でも営業は数字の戦いですからね、飯を食う時間を削るくらいのことは、戦場にいるんだと思えば諦めもつきます」

「戦場、ですか……」

「そう思わないと、やってらんないんですよ。ちょっとでも考えちゃうと、僕の人生こんなんでいいのかな、なんてつまらない堂々巡りにはまっちゃう。営業って、どこまでプライドを捨てられるか、がプライドになるみたいなとこあるでしょう。だから考え過ぎたら駄目なんです。戦場にいるんだと思えばね、考えてもしょうもないこと考えないで済みます。生きるか死ぬかなんだから、やるっきゃない、と思えるわけです」

「ご立派だと思います」

歌義は本心から、そう言った。

「わたしなんか、自分の仕事にそこまで無心に取り組めない。毎日、しょうもないことを考えてしまって足踏みしてます」

「いやあ、弁護士さんは考えるのが仕事なんだから、それでいいんじゃないですか」

「いえ、弁護士として考えているなら仕事ですが、わたし個人のちっぽけなプライドの為に考えてしまうのは、ただの逃避行動ですから。鹿島さんのように、生きるか死ぬかだ、と腹をくくって仕事が出来るようになるには、まだまだかかりそうです」

「こうやって考えれば、って言ってくれたの、淑子だったんですよね」

鹿島は、不意に真顔になって空の皿を見つめた。

「今、思い出しましたよ。彼女と出逢って、結婚を意識した頃だったな。数字数字と追いまくられて、医者や看護師や事務員に気をつかいまくって、自腹切ってこまごましたプレゼントなんかも買ったりして……それでもなかなか、ノルマが達成できなかったんです、あの頃。ここでこんな話、ちょっとまずいんですが」

鹿島は声を低めて苦笑いした。

「医療機器の経費がたくさんの病院やクリニックを潰《つぶ》して来ました。こんな規模の病院にこの機器を入れたって儲からないよな、経費倒れするな、と思うような場合でも、強引に営業をかけるわけです。購入して貰えないならレンタルで、とレンタル契約を結んでしまう。高額のレンタル料をとっておいて、経営が傾いたらさっさと機器を引き揚げる。うちはそんなあくどい業者ではないんですよ。業界では良心的な方です。それでも、莫大な借金を背負ったまま閉院することになったクリニックから、機器を運び出した経験は何度もあります。呆然とそれを見つめる医師とその奥さんの顔をできるだけ見ないようにしながら、ね」

「はあ……医者も経営が苦しいところが多いとは聞いていますが」

「いろんなケースがあるので一概には言えませんが、親から譲り受けた病院におさまるならともかく、一からすべて自分で整えて開業するのは、ものすごく大変だと思います。設備投資の借金をやっと返し終わった頃には八十歳になっている、なんて場合も多いですよ。しかも、息子さんを医者にするのにさらに借金を重ねていたり。まあそんなんで、いろいろ考えてしまったわけです。こんな仕事していていいんだろうか、あそこの病院は患者さんに親切で評判も良かったのに、うちのせいで潰れたんじゃないか、なんて。それで悩んでいた時、淑子がさらっと言ったんです。ここは戦場なんだ、と思えば、って」

鹿島は、レモンティーのカップから沈んでいたレモンの薄切りをスプーンで取り出し、口に入れて、うっ、と唇をすぼめてから、照れたように笑った。

「淑子は、僕のうじうじした性格を見抜いていたんですね。営業という仕事が決して嫌いではないのに、吹っ切れないままでいる僕を見て、このままではこいつは潰れる、と思ったんじゃないかな。普段の淑子は、そんな乱暴なこと言うようなタイプじゃなかった。でもその時彼女は、とても厳しい顔で言いました。あなたが同情しているお医者さんたちは、少なくとも医師免許を持っていて、その気になれば就職口に困らずそこそこの給料は貰える人たちなのよ、ってね。でもあなたはこの仕事を失ったあと、もっといい仕事に巡り合えるとは限らない。あなたが本当に良心的な病院を潰したくないと思うなら、あなたの仕事の範疇で最善を尽くすべきだ、って。それで僕、目が覚めたんです。結局、同情なんかいくらしたって、何の役にも立たない。それよりも、この仕事をやっているからこそ見えて来ることを顧客に伝えて、病院が潰れたりしないように適切にアドバイスしていくしかないんだ、そう思いました。実際にはそんなこと難しいわけですけど、まあそれなりに、僕なんかのアドバイスでも役に立つ時はあるだろうし。それより何より、吹っ切れたことで僕、この仕事の奥行きみたいなもんがわかるようになって来て、それで成績も上がりました。とりあえず今、課長なんて肩書きを持っているのも、あの時の淑子のアドバイスのおかげなんです」

「では、淑子さんのことを恨んでいるなんてことは」

「まさか」

鹿島は笑った。

「僕の思い込みから結婚を急いだのが、間違いのすべてです。淑子はいい女ですよ。運悪く僕たちは、夫婦として一緒に暮らすには心がかみ合わなかった。なんて言えばいいのかなあ……僕はもっと、その、じゃれあっていたかったんだと思います。今の女房は淑子ほど妻としてよく出来てはいないけれど、僕って男とじゃれあってくれる。ばかな冗談言い合ったり、たまにははめをはずしたり、つまり、気楽なんです。淑子といた時は、どことなく気詰まりだった。でも、淑子には幸せになって貰いたいと思っています」

「離婚に際して、かなりのお金をお支払いになっていますね」

「ええ、僕が仕事で成功したのは彼女のおかげですからね。それに彼女は倹約家で、生活費も上手に切り詰めていてくれました。彼女と暮らした二年半で貯金が六百万も増えたんです。僕ひとりだったら、ほとんど無駄遣いしちゃって貯金なんか出来なかったと思います。なので、その半額きっちり、淑子に渡しました。高すぎるなんて思ってません」

歌義は、狐につままれたような気分だった。鹿島の言っていることは、佐藤が語ったこと驚くほど似ている。まるで淑子が、佐藤との結婚生活を鹿島相手にそっくりやり直したかのようだ。

「えっと」

歌義は、混乱した頭で最後の質問をした。

「それで、ですね。妙なことをお聞きするようなんですが、淑子さんと暮らしていた時、彼女の行動でなんとなく腑《ふ》に落ちないことはありませんでしたか。たとえば、その場にもうひとり他の人がいるかのごとく、宙に向かって話しかけたり微笑みかけたり……食事の支度をした時、一人分余計に箸や茶碗を並べていたり、というような」

「ああ、ありましたよ」

鹿島があまりにあっさりと答えたので、歌義はぽかんと口を開けてしまった。その口を慌てて閉める。

「あ、ありましたか、そういうことが」

「ええ。飯の時、箸とか茶碗とか余計に出ている、そういうことなら。でもあれは、別に腑に落ちないってこともなかったけど。だってあれでしょ、陰膳、ってやつでしょ？」

「陰膳……だと、淑子さんが言ったんですか。あなたには説明した？」

「いや、本人は何も。僕には言いたくないのかな、と思ったんで聞かなかったから。だけど、淑子の兄さんのことだったら、ちらっと聞いてましたからね」

淑子には兄がいたのか。初耳だった。依頼人である高野の話では、淑子の両親はとうに他界し、きょうだいもなく、親戚との縁も薄いということだったはず。

「淑子さんにお兄さんがあるというのは、正直、初耳です」

歌義は策を弄《ろう》するよりも鹿島の実直さに訴えた方がよさそうだと判断して言った。

「淑子さんの現在のご主人からは、淑子さんにはごきょうだいがいないと伺っております」

「随分前に、行方不明になっちゃったんですよ。えっと、細かいことは憶えてないけど、なんでも最初の結婚式でのことだったんじゃなかったかな。兄さんっていっても、淑子が小学生の頃に親戚に養子に出されたとかで、姓も違うし一緒にも暮らしていなかった。でも最初の結婚の時、たったひとりの肉親だし、結婚式に招待したそうです。その頃、その兄さんは岡山か広島か、なんかあっちの方で暮らしていて、淑子の結婚式に出る為に上京した。そして式と披露宴に出て一泊して、翌日にはその岡山だか広島だかに帰る予定だったのに、そのまま帰らなかった。そんな話だったなあ。もちろん捜索願とか出したし、心あたりも捜したけど、駄目だったらしいですよ。成人の失踪ってのは警察でも事件扱いしてくれないんですってね」

「そんなことがあったんですか。淑子さんのお兄さんが失踪した理由というのは、わかったんでしょうか」

「さあ。淑子が淋しそうに話すんで、僕も詳しくは聞けなくてね。ただ、淑子は、兄さんがどこかで生きてると思ってるみたいでしたよ。だからたまに食卓に箸や茶碗が余計に出ていても、陰膳だと思ったんで不思議には思いませんでした。陰膳なんて、すごく古風ですけどね。僕はたまたま、亡くなった祖母がずーっとそれやってるの見てたんで、知識があったんです。祖母の場合、戦争で南方に行ったまま生死不明になっている祖父の陰膳を、ずっと食事のたびにすえてました。一人分余計に箸と茶碗を用意して、その箸で、おかずの皿にちょんと触って、おとうさん、お食べなさい、って言うんです。それからみんな、いただきます、って食べ始める。子供の頃は、なんか気持ち悪いなんて思ってましたけど、今になって思い返すと、あの陰膳のおかげで、顔も見たことがない祖父のことがなんとなく身近に感じられていたんですよね」

＊

淑子の最初の夫である竹村和之《たけむらかずゆき》との面談で聞かされた話も、既視感をおぼえたほど他の二人の男の話とそっくりだった。ただひとつ違っていたのは、最初の夫と淑子との間には、短い期間だったとはいえ、恋愛をしていた時間が存在していたことだった。そして離婚の原因も、他の二人の時のように曖昧模糊《あいまいもこ》としたものではなく、竹村の浮気、というはっきりしたものだった。が、ごくたまに食卓に余計な箸や茶碗が出ていたことや、淑子には妻として欠点と呼べるものがなかったこと、そして、離婚の際に、淑子が金を要求したのではなく、元夫の側から金を渡したという点なども同じだった。

歌義は仮説をたてた。そして、それを立証する為、二度目から四度目までの結婚披露宴を行ったホテルやレストランの宴会係のもとへと出かけた。歌義が想像した通りのことが、三度の結婚式のたびに行われていた。さらに歌義は、勤め先などで淑子と親しかった人々にも会った。淑子について憶えていることをなんでもいいから教えて欲しい、と頼んだ。

依頼人を説得できるだけの材料が揃った、と思えた日、歌義は、高野と彼の自宅近くの喫茶店で、会った。

歌義の仮説を聞かされて、高野は動揺した。そんなはずはない、あり得ない、とぶつぶつ口の中で繰り返す。が、歌義が示した証拠を見て、ようやくそれが真実なのだと認める表情になった。

4

「それで、高野さんは淑子を医者にみせたのね、ちゃんと」

真紀の言葉に、歌義は頷いた。

「脳神経科に」

「歌さんの考えた通りだったわけね」

「いや……僕はただ、脳出血か何かの後遺症で、記憶がおかしくなってるんやないかと思ってたんです。でも……結果はもう少し、やっかいでした」

歌義は、冷えた日本酒に口をつけた。大好きな天狗舞なのに、今夜はひどく苦い。

「若年性アルツハイマーゆう診断でした」

真紀が、小さく溜め息をついた。

「でも高野さんだって、奥さんの言動を統合失調症の妄想かも知れない、とは思ったことがあったんでしょう？　その時、どうしてもっと詳しく検査しなかったのかしら」

「メンタルクリニックで問診しただけやったみたいです。たまたま診察を受けた時、淑子さんの記憶が正常やったんでしょう」

「妄想じゃなく、記憶の混乱だったわけか」

「調べてみたら、淑子さんに失踪した兄がいたのは本当のことでした。そしてその失踪が、淑子さんの最初の結婚式の翌日やったことも。で、鹿島さんの、陰膳、という見方が正しいと判った。陰膳なんて古風な習慣で、高野さんも、二番目の夫の佐藤さんも実際に見たことはなかったんです。高野さんにその説明をした時も、陰膳ゆうのは仏壇にそなえるご飯のことと思ってた言われましたよ。僕かて、知識としては知ってたけど、実際に陰膳がすえられるのを見たことはないですからね」

「センチメンタルな風習だけど、悪くはないわよね。あたしも実際に見たことはないけど。旅に出ていたり、遠くで離れて暮らしている家族の分も箸を並べて、一緒に食事をしているふりをするなんて」

「その人の無事な帰宅を願う意味もあるらしいですね。それと、地方によっては、生きてる人だけやなくて、祖先とか、先立った家族の為にすえるところもあるらしいです。僕、勉強になりましたよ。けどそれにしては、毎日やってへんゆうのがわからなかった。陰膳やったら、すえたりすえなかったりゆうのはおかしい。たまにすえるのを忘れる、ゆうなら納得できるけど、たまに思い出したようにすえる、ゆうのは変です。佐藤さんはそれを、淑子さんのおっちょこちょいと表現した。それを考えていて、ふと、もしかすると淑子さんの記憶は、時々あやふやになってしまうんやないか、と思ったんです。淑子さんは、お兄さんが生きていると信じている。でも記憶が正常な時は、お兄さんが家族ではないことをちゃんと意識していた。お兄さんは十六歳の時、岡山県の親戚の家に養子に出たんです。お兄さんはとても成績がよくて、医者になることを希望していたそうです。でも淑子さんの家はあまり裕福ではなく、一方、その親戚のところは個人病院を経営していて経済的に余裕があり、子供がいなかった。養子となって医者になり、あとを継ぐというのは、双方の希望にかなうことやったんですね。でも淑子さんはまだ小学生で、大好きなお兄さんがよその家の子になってしまったことを、納得してはいなかったんでしょう。お兄さんは希望通り医師となり、いずれは養子先の医院を継ぐため、大学病院で働いていた。そこで何があったのかはわかりませんでした。特に大きな事件に巻き込まれた形跡はなかった。そやけど、何かあって、淑子さんのお兄さんは失踪、という道を選んだのかも知れない。でもそうやなくて、ただの事故なのかも知れない。いずれにしても、淑子さんの結婚式と披露宴に出た翌日から、お兄さんは消えてしまった」

「淑子が二人目から四人目まで、惚れてもいないのに求婚されると応じていたのは、結婚式の時にその兄がお祝いにかけつけてくれるかも知れない、と考えたから？」

「だと思います」

歌義は、酒を飲み干した。

「披露宴を行ったホテルやレストランで、その時の記録を見せて貰ったんです。淑子さんの親族は、二度目以降の披露宴にはほとんど出席していません。二度目の時に叔父さんという人がひとり、それに従姉《いとこ》にあたる人がひとりだけ、三度目は同じ叔父さんだけ、高野さんとの披露宴には、誰も出てません。なので、二度目と三度目は淑子さんの友人と同じテーブルに席が用意されていました。ところが三回とも、親族用テーブルには一人分、カトラリーを追加、という指示が、淑子さんから出されていたんです。新郎の方はそんな細かいところまで気にしていなかったんですね、三人共、そんな指示が出ていたことは知らなかった。記録として残されていた指示書のコピーを見て、高野さんも驚いてました」

「つまり、陰膳か」

「いや、ちょっと違うんです。それは陰膳やなくて、万が一お兄さんが駆けつけてくれた時の為、やったと思います。淑子さんは、養子に出たお兄さんが帰るのが、自分の結婚生活の場でないことはわかっていた。そやから、正常な記憶の時は陰膳なんかすえようと思わんかった。でも病気のせいで記憶が混乱して来ると、お兄さんが養子に出て他人になったゆう部分の理解が曖昧になる。そして、お兄さんがどこか遠くにいる、という記憶だけ残る。それで陰膳をすえてしまう。淑子さんは、そそっかしいために失敗した、というふりを続けた。でも病気はどんどん進行する。佐藤さんと暮らしていた時はさほど頻繁でなかった陰膳が、鹿島さんと暮らしていた時には、陰膳だとわかるほど頻繁になっていた。

そして高野さんと暮らすようになってからは、それが箸や茶碗にとどまらず、態度や時には言葉にも表れるようになった。たぶん、淑子さんの記憶は、時々小学生の頃のものと混ざってしまうようになっているんです。高野さんが、そこにいないはずの男がいるように振る舞う、と表現した淑子さんの奇行は、お兄さんと暮らしていた頃の思い出が、淑子さんの脳を支配している時に起こるものやったと思います」

「なんだか」

真紀が珍しく、せつない声で言った。

「かなしいね。消えた兄がお祝いにかけつけてくれるかも知れない、それだけの為に結婚を承諾していたなんて。もしかして、理想の妻になりそうな女、ってのも、その為の偽装だったのかな」

「それはわかりません。ただ……彼女は決して、佐藤さんと鹿島さんを不幸にしていない。高野さんにはそれがもとで誤解されちゃいましたが、彼女は、離婚した夫をむしろ幸せにしている。仮に淑子さんが、ただ結婚式をしたい、披露宴をしたいが為に結婚と離婚を繰り返していたんだとしても、僕は……ゆるしてあげたい気がするんです」

真紀は小さく笑った。

「問題はあなたのクライアントよね、歌さん。高野さんは、どうなの？　ゆるすつもりなの、それとも、さっさと離婚してせいせいするのかしら」

「さあ」

歌義は、目の前の刺し身の皿を見つめた。鯛の身の薄い桃色が、ひどくなまめかしい。

「でも、とにかく今は高野さん、淑子さんにつきそって病院に行ってますよ。アルツハイマー患者を持つ家族の会、ゆうのにも入ったて、昨日電話で言うてました」

「へえ」

真紀が箸を伸ばし、桃色の刺し身をつまむ。

「なかなか男前じゃない、歌さんのクライアント。離婚詐欺師だなんて、妙なこと言ってたわりには、さ。財産分与するのが嫌でごねてるケチ臭いやつかと思ってた」

「たぶん、ほんとは惚れてるんですよ。離婚詐欺師、なんてことを考えついたのも、簡単に別れたくなかったからやないかな、て、ちらっと思います」

歌義は言って、自分も刺し身に箸を伸ばした。

わたしの愛したスッパイ

1

『歌やん

ずいぶん長いことメールの返事しないで、ごめんね。怒ってる？　それとも、うちのことなんか、忘れてた？

歌やんもすごく忙しそうだもんね。前のメールで、あの資産家殺しの弁護団に加わったって書いてあったでしょ、ネットで検索してみたら、相模事件、って呼ばれてるんやね。資産家のおばあさんをその甥《おい》が殺した事件。なんか、ネットの記事だけ読むと、もうすっごい悪いやつみたいで、死刑しかないんやないの、と思うけど、弁護する以上、死刑にならないように頑張るんでしょ？

きっと世論とかいう奴らが、よってたかって、歌やんたち弁護士のこと悪く言うよね。ネットでも、人殺しの味方する悪徳弁護士、みたいに叩かれるのかな。それでも歌やんたちは、頑張るんだね。

うち、最近、弁護士って仕事はほんまにすごい仕事やなあ、って思うようになった。昔は、ほら、歌やんが京都で働いていた弁護士事務所みたいに、お金にはならないけど社会正義の為に頑張る、みたいなの、カッコいいなあ、と思ってて、歌やんはそういう弁護士になるんやなあ、ってすごく単純に考えてた。でもアメリカで暮らして、こっちはもうむちゃくちゃ裁判ばっかしでしょ、それでいろんな人の意見も聞いて、やっと、そんな簡単なことやないんやなあ、って思うようになったの。

弁護士って、正義の味方じゃないんだよね。人の、人間の味方なんだね。ものすごく悪い奴で、死刑にするしかないって世界中の人が思ったとしても、弁護士だけは味方でいないといけない。世界中を敵にまわしても、その悪い奴の為にできるだけのことをする、そういう仕事なんだね。

うまく言えないけど、それって、文化、というか、人間がつくり出したこの社会のルールの中で、いちばんすごいルールのように思うの。もちろん、アメリカだって日本だって、そんな理想の通りにはいかないんだろうけど、それでも、どんな極悪人でも弁護士が味方についてくれる、そんなルールをつくり出した人間の社会って、捨てたもんじゃないと言うか、やっぱりすごい。

ごめん、最近あまり日本語、喋ってなくて、なんだか変な文章になってしまいます。

でも、言いたいことは、あたし、正義の味方の歌やんより、悪い奴の味方でもちゃんとできる歌やんを、前よりもっと尊敬します。歌やんが東京の大きな弁護士事務所で働くと知った時は、歌やん、やっぱりお金を稼げる方がいいのかな、なんて思って少し不安になったけど、やっぱり歌やんはうちの歌やんやわ。ああ、日本語もあまり喋ってないけど、京都弁はもうまったく使ってないから、メールで使うとすごくヘンだね（笑）。


ところで、あたしの方は、相変わらずです。語学学校での成績はまあまあで、大学入学資格はとれたんですが、美術系に進むならデザインの基礎を学んでおいた方がいいとアドバイスされたので、今はデザイン学校に通っています。来年の九月から美術系の専門単科大学に入学できる見通しですが、アメリカでは入試一発、みたいな発想がなくて、デザイン学校で作った作品集を提出して、その評価と面接で合否が決まるの。日本にいる時は、絵を描くのは好きだったけどちゃんと美術を勉強したことなんてなかったし、他人から絵をほめられたことすらなかったのに、正直、自分のデザインがどう評価されるのかとっても不安です。でも、ようやく見つけた、本当にやりたいことだから、とにかくぎりぎり頑張ってみます。アメリカではね、介護用品のデザインってちゃんとビジネスとして成り立っていて、とても成長している業界なのよ。日本だとまだ、ごく一部の人たちがボランティア感覚でやっていたりするみたいだけど。でもこっちにも、日本の大きな会社から勉強しに来ている人がいて、その人の話だとね、日本でも今は、ただ機能的であればいいんじゃなくて、ちゃんとおしゃれが楽しめたり、着るのが楽しくなったり、使うのがカッコいい、と思われるような介護用品が求められているんだって。これから絶対に伸びる業界だって。

うちは京都の女やから(笑)、いつかは日本に帰りたい。ずっとアメリカで暮らすつもりはないです。だから、日本に帰った時、きちんと生活していける仕事として介護デザインを勉強したいの。

なんてね、まだ大学にも入れてないのに、口ばっかだね。歌やんみたいに、弁護士としてしっかり地に足をつけてる人にこんなメール出すのは恥ずかしい。でも、いつかは歌やんとちゃんと肩を並べて歩けるように、今はとにかく毎日、勉強して課題をこなして、作品集を完成させることだけ考えてます。

前にも書いたけど、ホストファミリーのクーパーさん夫妻が本当に優しくて、あたしの夢を応援してくれるので心強いです。クーパーさんの息子さんは、イラクで負傷して、まだ病院にいるの。アメリカにいると、この国は今、戦争しているんだな、と実感して、とても怖くなる時があります。

もうひとつ、奨学金が貰えるかどうか、とても心配。日本で貯金したお金も語学学校の学費とかもろもろで半分以上つかっちゃったでしょう、美術系大学はとても学費が高いの。奨学金が出なかったら、日本の両親に学費を援助して貰うことになりそうです。この歳になってまた親のお金を頼らないとならないのかと思うと、情けなくて涙が出そう。日本で働いていた時、もっともっと節約してしっかり貯金していればなあ、なんて、今になって後悔ばかり。それに大学に入学したら寮生活になると思うので、優しいクーパーさんたちとお別れして、新しい人間関係に慣れないとならないし。歌やん、うち、妙なとこ引っ込み思案なの、知ってるよね。正直、とっても不安ばかり。もう何もかも諦めて、日本に逃げて帰りたい、と思ったりもするの。

もしどうしても続けていけない、もうだめだ、と思ったら、日本に帰ってもいいですか。帰って、歌やんの奥さんになってもいい？

いろいろ考えるとすぐホームシックになっちゃう、弱虫のまり恵より』

長いメールを読み終えて、歌義は、ふう、と溜め息をついた。

「せつないこと書くなや、まり恵」

声に出してパソコンの画面に言ってみる。画面には、まり恵の写真画像が何枚も表示されている。ふたりで遊びに行った先々で撮った写真もあれば、アメリカに留学してからまり恵が送ってくれた写真もある。顔だけなら、まり恵は昔とあまり変わっていない。大きなくりくりした目と、よく動く唇。片えくぼ。少しだけ先の丸くなった鼻。

だがまり恵は、確実に一歩一歩、成長していた。

何をしたらいいのか、何がしたいのかわからない、だから何かを探しに行く。そう言ってまり恵はアメリカへと発《た》った。よくあるパターン、日本の若者でそうやってアメリカに渡った者の大部分は、結局何も掴めずに帰国する。半端におぼえた英語と、マリファナで遊んだ思い出を抱えて。

歌義もまり恵に対して、不安があったことは事実だ。もちろんまり恵は麻薬に手を出したり自堕落な生活をおくるような性格ではないとわかっていた。だからそういう面は信じられた。でも、漠然と目的もなくアメリカに渡って、それで何かが掴めるほど世の中は甘くないだろう、と思っていた。

だが、まり恵が渡米することに反対は出来なかった。アメリカなんか行かないで俺の嫁になれ、と言ってやることが、歌義には出来なかったのだ。歌義自身、結婚してひとりの女性の生活を支えるだけの自信がなかったし、弁護士としてもっともっと自由に暴れたい、という欲求もあった。妻帯者になってしまうと、思い切ったことは出来なくなる、そんな気もしていた。

そして、まり恵の気持ちも理解出来た。

中学の頃からの親友が、みんなそれぞれに自分の道を見つけて旅立つ中、なんとなく大学を出て働いていたまり恵だけが、取り残されたように感じていたその気持ちが、わかっていたのだ。歌義も、司法試験浪人を続けていた間、いつもそんな疎外感と焦りの中にいたから。

たとえ何も摑めずに失意と共に帰国することになったとしても、挑戦しないよりはいい。そう歌義は思った。とにかくアメリカに渡って自分なりにあがいてみることが、まり恵の人生にとっては必要なことなのだ、と。

でも、まり恵は自分の道と出逢った。まり恵は一見頼りない甘ったれのようでいて、その実、とても頑固で一途《いちず》な女性だ。一度自分の道と出逢った以上、彼女はその道をひたすらこつこつと突き進むだろう。たとえ何度転んでも、何度失敗しても。

歌義は、まり恵が手放しで褒めてくれた自分自身の方がよほど将来に迷っている、と思った。

あさかぜ法律事務所で働くようになって、歌義の世界が広がったことは確かだ。それまではろくに知りもしないのに心のどこかで軽蔑していた、お金の為に弁護する、という行為の奥深さを思い知り、民事事件の難しさを日々実感している。まり恵の書いている通り、弁護士は単純な正義の味方ではない。そうであってはならないのだ。正義とは何なのか、この社会にとって正義がどんな意味を持つのか、それを永遠に追い求め続ける毎日の中で、それでも誰かを弁護して報酬を貰うというプロとしての責任を果たす為には正義に背中を向けて戦う、それが弁護士だ。時として悪人の味方をし、世間から憎まれ軽蔑される、だからこその弁護士、なのだ。誰でも味方になりたくなるような善人より、誰ひとり味方になってくれそうにない極悪人の方が、よほど弁護士を必要としているかもしれない。そんなやつさっさと死刑にしろ、なんで弁護なんかするんだ、という世論の石つぶてを受ける覚悟がなければ、この仕事では生きていかれない。さらには、どちらが悪いのかどう考えても判断できないような民事事件で、相手側を不幸にするとわかっていても、自分の依頼人の為にやれることはやる、それが弁護士だ。卑怯な罠を仕掛けたり、巧妙な駆け引きを切り抜けたり、正義の味方とはほど遠い小ずるい真似もしなくてはならない。

そうしたことに対しての青臭い反感は、ようやく歌義の心から消えつつある。歌義がしていることのすべてをまり恵に知られたら軽蔑されるかもしれない、それでも、そのことを恥ずかしいとは思わなくなった。メールでは言葉足らずになったり誤解されたりしそうで、書く勇気がわかないことも多いけれど、いつかまたまり恵の顔を見ながら、きちんと自分の言葉で説明しよう、語ってみようと思っている。単純な正義の味方でなくなった自分が、どんな仕事をしているのか。その時、自分は何を考え、どう思っているのか。まり恵ならきっと、理解してくれると信じられる。

でも、自分の道を着実に歩き始めたまり恵に、それならば歌やんの道はどこに続いているの？　と問われたとしたら。

今自分がしている仕事には誇りを持っているけれど、自分が生涯を捧げる場があさかぜ法律事務所ではないこともまた、はっきりわかっていることなのだ。もちろん、京都に戻りたいという気持ちもある。以前のように、自分にとってより居心地のいい小さな弁護士事務所で働き、貯金もして、いつかは独立したいという思いは強く持っている。が、道が続いている先にあるのがただ自分の名前のついた弁護士事務所の看板だけ、というのでは寂しいし、それでは何かが違う、と思う。そう、京都に戻るかどうかとか、独立するかどうか、そうしたことはすべて、道の途中にあるもので、いわば一里塚のようなものなのだ。当面の目標にはできるけれど、それを目的にしてはいけない。

まり恵の歩く道の先には、介護デザイン、という新しい世界がある。具体的にはどんな世界なのか歌義はあまり詳しくないが、たとえば身体に障害があっても楽しくお洒落が楽しめる服とか、機能性だけではなく、マシンとしてもカッコいい車椅子、ただのバリアフリーではなくて、その空間そのものが美術的な部屋、きっとそんな様々なものや場所のデザインをする仕事なのだろう。ハンデキャップを負ではなくアドバンテージに変えてしまえるような、物の形や色。想像しただけでわくわくするし、興奮する。まり恵が見つけた道の先には、暖かくて豊かな光が溢《あふ》れている。

歌義は、まり恵が羨ましいと思った。

歌義自身も、自分が進むべき道、自分がめざす弁護士の理想像が、本当にまだ曖昧ながら見えた、とは思っている。若い心に重過ぎるストレスを抱えて泥んこになった女生徒の存在と出会った時、自分はそんな人たちの為に、言葉にしたくてもできない辛さを抱えてひとりでもがいている人たちの為に仕事をする弁護士になりたい、と思った。言葉にできないせいで世の中から誤解され、つまはじきされてしまった人たちの為に、代わって言葉を発する仕事がしたい。

だが、その思いだけは強いけれど、具体的にそれをどう、ビジネスとしての弁護士業と結びつけたらいいのか。あさかぜ法律事務所に勤めてから歌義が学んだもっとも大きなことは、金を貰わなくては弁護が続けられない、という基本的なことだった。ボランティアで弁護活動をしていては、いつか限界が来る。きちんと報酬を貰い、自分の生活を安定させてこそ、その上に積み重ねていけるものが見えて来るのだ。さらには、本当にいい弁護をする為には、それなりに資金も必要だということ。時間も経費もきちんとかけてしっかり下調べしてこそ、もっとも合理的な解決策は見えて来る。

仮に独立するとしても、自分が弁護したい、その人たちの為に働きたいと思う人々からいかにして正当で不足のない報酬を貰うかは、大きな問題だ。

パソコンの電源を落とし、歌義は大きくひとつ、のびをした。

来年の夏休みになったら、きっとまり恵は一時帰国するだろう。以前から、大学に入る前に一度、日本に戻る、と言っていた。その時までには、大雑把でもいいから、自分が将来どんな形で弁護士という仕事をしていくつもりなのか、まり恵に説明できるようにしておきたい。せめて、憧れのシルエットだけでも披露したい。

もう少し、勉強せんとなあ。

歌義は、先輩弁護士の顔をひとりひとり、思い浮かべた。相談するとしたら誰がいいだろう。

2

「なあなあ、歌さん、すっぱいもの、と言ったらさ、何を思い浮かべる？」

事務所に着いてコートを脱ぐなり、同僚の弁護士・高木がそう声をかけて来た。

「は？」

唐突な質問に歌義は戸惑った。

「すっぱい……もん、ですか」

「そう、すっぱい食べ物」

「えっと……梅干し？」

「まあそうだよな、まず最初に考えるのって。あとは？」

「あとは……レモンとか？」

「他には？」

「他にって……酢こんぶ」

「あれは臭いっ」

背後から甲高い声がした。派遣社員として事務雑用を受け持っている、棚橋紗理奈の独特の声だ。

「あれ、すごく臭いですよねっ。前に派遣で勤めていた会社でね、いつもあれをくちゃくちゃ噛んでるひとがいたんですよお。健康にいいからって。でもすごいニオイで、あたし、あれ苦手～」

「そうかな、オレ、けっこう好きなニオイだけど、あれ。なんとなくクセになるんだよね、あれ食べ始めると」

「ええーっ、高木さんも酢こんぶ、食べるひとなんですかぁっ」

「紗理奈は帰国子女だから、子供の頃にあのニオイに慣れてないんだよ。東京の下町ではね、あれはみんなのおやつだったの」

「うっそだぁ」

「嘘じゃないってば。駄菓子屋で買って、みんなくちゃくちゃ噛んでたんだから。甘いもんよりいいんだぞ、虫歯にならないし、顎も鍛えられるし。それに酢は健康食品なんだからな」

「だけどあのニオイはキョーレツですよぉ。箱から出しただけで、すぐわかりますもん」

「まあ酢こんぶのことなんてどうでもいいんだ、他に、何かすっぱいもんって、思い浮かばない？　紗理奈、アメリカでさ、すっぱい食べ物っていうとなんだよ」

「うーん……アメリカ人って、あまりすっぱいものは食べないんですよ。日本の梅干しなんか、うちでは食べてたけど、遊びに来た友達にいたずら半分で食べさせたら、怒っちゃったくらいで。サワークリームとかすっぱいですけど、たいしたことないですもんね、あたしたちの味覚からすると。ザワークラウトとか、あれはドイツの食べ物だけど、けっこう食べます。缶詰で売ってて、缶から出して鍋で温めて。あれなんかまあ、アメリカで食べたものの中ではかなり酸っぱいけど、こっちの漬け物はあのくらいのいくらでもあるし。ピクルスも、甘いのがけっこう多いかなあ」

「プレーンヨーグルトの酸味、俺はちょこっと苦手です」

歌義は言ってみた。

「甘いジャムとか砂糖を混ぜないと食べられないや」

「うーん」

高木は腕を組んで唸《うな》った。

「やっぱそのくらいだよなあ、考えつくのって。梅干し、レモン、酢こんぶ、酢をつかった食べ物、漬け物、ヨーグルト」

「ナレズシ、ってのもありますね」

「ナレズシ？」

「鮒鮨《ふなずし》って聞いたことありませんか、滋賀県の、琵琶湖の特産品で、京都でも売ってるんですが」

「ああ、なんか、チーズみたいな味だとか。あれも臭いんだよな」

「まあ、初めて食べたら臭いですね。けど、旨いですよ、茶漬けにすると特に。日本酒のアテには最高です。あの類いの、生《なま》の魚を米とか麴《こうじ》で発酵させたもんをナレズシいうんです。日本全国にいろんなのがありますよ。中にはすごくすっぱいのも」

「うーん、たぶん、違うな」

「いったいどうしたんです？　すっぱい食べ物が、どうかしたんですか」

「それがさ」

いつもは自信満々な高木が、珍しく気弱な顔になった。

「参っちゃったよ。俺さあ、ミステリーなんか読まないもん、こういうのすっげえ苦手なんだよな」

「ミステリーって、なんか殺人事件とか？　あれ、でも最近高木さん、刑事の仕事してないですよね」

紗理奈が言うと、高木は、おお、と紗理奈の肩を抱いた。

「そうだ、おまえがいた！　紗理奈、おまえさんって、確か、ミステリー・マニアだったよな！」

「マニアってこともないですけど、ふつーに好きですよ、読むのは」

「暗号とかも得意だろ？」

「暗号って、スパイもんとかに出て来る？」

「ってゆーか、ほらよくあるじゃん、遺産相続のミステリーって。ホームズとかでもあったよな、確か、ほら、どっかの田舎の館でさ、屋根の上のニワトリの影とか、木の影の長さでもって、北へ何歩、東へ何歩っとか歩いてさ、宝が埋まってるやつ」

紗理奈は露骨に嫌そうな顔をした。

「なんか、すっごい適当に憶えてませんか、それ。たぶんマスグレーヴのこと言ってるんだと思うんですけどぉ、あれは遺産とは違うしぃ」

「そんなこたどうでもいいの。あの話ではさ、古くから言い伝えられてる詩みたいなのに宝の在処《ありか》が暗号になって隠されてた、んだったろ」

「まあ、大雑把に言えば」

「だったらこの仕事、紗理奈、おまえ手伝ってくれ！　許可は俺から清州さんに取りつけるから」

「え、でも、派遣の契約で、弁護活動に直接関わらないって」

「裁判じゃないから、いいって、そんなの。ただの遺産相続手続きなんだよ。簡単な仕事だと思ってたのに、これが手詰まりになっちゃって、弱ってんだ。だけど報酬はでかいんだぜ、なにしろ遺産総額が、十億はくだらない、って話なんだから」

「十億っ！　それって、十億円、ってことですかぁっ！」

「他にどんな十億があるんだよ。とにかく、今日からおまえ、俺の助手、な。そんなコピーとりなんか、いいよ、他のバイトに頼んで。とにかくこっち来て、こっち！」

高木は紗理奈の腕を引っ張って、小会議室へとこもってしまった。

「なんやねん、いったい」

歌義は肩をすくめて自分の席についたが、すぐに誰かが背後に立った気配で振り返った。

「あ、清州さん、おはようございます」

「あなたも第三会議室に行って」

「第三って、小会議室ですか？　あそこ、なんか高木さんが使ってますよ」

「わかってる。だから行ってちょうだい。悪いけど、あなたも高木くんの仕事、手伝ってほしいの」

「え、でもなんか遺産相続関係だとか……裁判にはならないんでしょう？　だったら僕なんかの手助けはいらないんじゃ」

「高木くん向きの仕事じゃなくなってきたのよ」

真紀は、珍しく弱気な顔で腕組みしたまま、ふう、と溜め息をついた。

「高木くんから聞いてる？」

「いえ、ほとんど何も。ただ、なんか暗号がどうこうって。それと、遺産総額は十億円だとか」

「実際にはもっとでしょうね。不動産価格の見積もりは路面価格にそって出してるけど、東京のかなりいい場所にある土地が含まれていてね、路面価格より上がってることは間違いないと思う。故人との取り決めで、遺産の分配が争いにならずに適切に行われたら、うちの手数料は三千万」

「そんなに、ですか！」

「驚くほどのもんじゃないわよ。相続が揉めて裁判にでもなったら、株価が下がって損失は億単位になるかもしれないんだから」

真紀は、手にしていた写真週刊誌を歌義の机の上に放った。

「なんですか、これ」

「その記事、見て」

「『昭和のワンマン男逝く。遺産をめぐって骨肉の争い勃発《ぼっぱつ》か』……へえ、あの、ミカサ計量の会長なんですね、亡くなられた方って。ミカサ計量って、体重計とかに昔よく、ロゴが付いてましたよね、ミカサ、ってでっかく、カタカナで」

「体重計だけじゃなくて、秤《はかり》のメーカーとしては、国内でいちばん信頼されているメーカーかもしれないわね。もっとも、デジタル計量が当たり前になっちゃってからは、シェアは年々落ちていってたみたいだけど。会長の三笠孝太郎《みかさこうたろう》は、戦前に父親がやっていた天《てん》秤《びん》の工場をひきついで、それを一代で大きくした傑物。もう十五年近く前に第一線は退いて会長職に就《つ》いたけど、息子だとか娘の夫だとか、そういう身内を一切、会社の要職につけなかったことで、世間的にすごく評価された」

「あ、なんか記憶にあります。本を出してすごく売れましたね、確か」

「そう、どうやって町工場から一流メーカーへと会社を育てたか、その一代記みたいな本だったわ。本人の資質だったのかゴーストライターが優秀だったのかは知らないけど、企業のトップはこうあるべき、みたいな言葉が随所にちりばめられてて、経営者の心得本として話題になった。しかも身内を優遇しない潔《いさぎよ》さみたいなものもウケたのよね。それで会長になってからは、講演会なんかを引き受けて活躍してた。でも三年前に脳梗塞、その後遺症で言葉が不自由になってからは、講演はしなくなって、たまに雑誌のエッセイみたいなものを書いてた。去年、自分の死期が近いと感じたからなのか、会長職も辞任したの。でも会社の方が、イメージキャラとしての三笠孝太郎に去られたくなかったのね、名誉会長、とかいうお飾りの役職をおくった。本人は苦笑してたみたい。その頃かな、うちの先生のところに連絡があって、遺産のことで子供達が揉めるのは絶対に避けたいからって、相続管理の一切を依頼してくれたの。三笠さんは身内を要職につけなかったことで、たぶん、その身内に対して、いくらか負い目を感じていたんだと思う。要職にはついてないとはいっても、長男と次男はミカサ計量の平取締役だし、長女の夫もなんとか本部長とかいう位置にいて、かなりやり手なんですって。三笠さんが亡くなったら、そうした子供たちをかついで会社の中で権力を得ようとする連中も出て来るだろうって、だから遺産相続で醜い争いが起こって、それが世間に漏れたりすると、絶対によくない結果になるから、って、とても心配してたらしいわ」

「なんか、それ聞いた限りでは、えらい立派な人やったみたいですね、三笠さんて」

「まあ立派っていえば立派なんでしょうけど」

真紀は皮肉な笑みを口元に浮かべた。

「へそ曲がりだった、とも言えるんじゃない？　そもそも、遺産相続なんてね、妙な遺言を遺したりしなければそんなに揉めるもんじゃないのよ。ちゃんと法律があって、それに従って分配すれば文句の言いようがないようになってるんだから。逆に、法律に従ったんじゃあんまりだ、と思うような状況があるんなら、その理由も含めて遺族にはっきりわかる形で遺言で指定すればいい。今回のケースだって、三笠孝太郎が遺した遺言が奇妙なものだったからわけがわからない事態になっちゃったんだもの」

「うちの先生、三笠さんの生前にアドバイスしなかったんですか」

「そりゃしたわよ。したに決まってるでしょ。でも三笠孝太郎は、心配しなくてもいいって言って、遺言の中身は教えてくれなかったらしいの。遺言状を作成した時のいわば公証人は、うちの先生じゃなかった」

「要するに、相続が揉めるってわかっていたからわざわざうちと契約した、そういうことですか。それだけおかしな遺言だっていう自覚があったわけや」

「まさにそういうことね。でもうちの先生は、まさかそこまでおかしな遺言だとは思ってなくて、まあ揉めるっていっても分配金額のこととか、各種団体への寄付金とか、そういうことだろうって思ってた。それで、三笠孝太郎が亡くなったって知らせを貰った時、この件を高木くんに任せたの。彼はほら、お金の問題を処理するのって上手だし、そつがないから」

確かにそうだ、と歌義は同意して頷いた。高木は賠償金だの和解金だの慰謝料だの、金に絡む案件をさばくのが感心するほど巧みだ。高木に言わせると、自分には欲張りの度合いを見抜く眼力がある、ということらしいが、真紀はいつも、欲張り同士だと通じるものがあるんでしょ、と笑っている。

「高木さん向きじゃなくなったって、でも遺産相続で揉めてるのは確かなんでしょう？」

「確かよ。でもね、お金の問題じゃないのよ。ま、ぐだぐだ言ってるより、第三会議室で自分の目で見てちょうだい。この一件は、たぶん、成瀬くん、あなたに向いてる仕事だと思うから」

「でも」

歌義は腰を上げたが躊躇《ためら》った。

「高木さんが気を悪くしないですか、僕が割り込んだら」

「大丈夫。彼は合理的な人間だから、助けになるなら誰に手伝って貰ってもいいと考えるはず。だってこの仕事がうまくいけば、担当弁護士の彼には報奨金が一割支払われるのよ。一割、つまり三百万、よ。ボーナス二回分。歌さんに手柄の半分をもっていかれたって、お金は彼のものなんだから、損はないわよ」

そうだった。歌義にはほとんど縁のない話なので忘れていたが、あさかぜ法律事務所では、基準の弁護料や報酬より大幅に額の多い契約がなされた場合には、その担当者に報酬の一割が、給料や担当報酬、各種手当の他に支払われる仕組みになっていた。なるほど、三百万の為だったらプライドぐらいポイと棚上げして、手伝ってくれる人間は誰でも大歓迎、と言うだろう、あの高木なら。


第三会議室のドアをノックしても返事がなかったが、中から高木と紗理奈の声が聞こえていたので構わずにドアを開けた。高木はちらっと歌義の顔を見て、よっ、なんか用？と訊くだけ訊いたが視線はまた手元の紙に移してしまった。

「清州さんが、高木さんを手伝えって」

「なんでおまえに？」

「わけわからんのやけど、なんか、この件は俺向きやて」

「あ、そうかもしれないですねぇ」

紗理奈が甲高い声で言った。

「確かに、これ、歌さんだと解けるかも」

「解けるって……さっきの暗号のこと？」

紗理奈は摑んでいた紙を歌義の方に突き出した。

「本物はもっとすごく長いんだそうです。株券とか土地とか、いろんなものがきちんと分けられているんだそうですよ。でも問題はこの部分なんですよお」

「これ、コピー？」

歌義は紙を見ながら椅子に座った。

「法定相続人は四人。三人は故人の実子、長男、次男、長女で、あとの一人は孫だ」

「孫。その親はどうなったんですか」

「ロシアで飛行機事故に遭って、死んだらしい。故人の次女とその夫だ。遺された子供はひとりで、それが法定相続人となった孫だ。ちなみに、故人の妻はだいぶ前に他界してるんで無関係」

「相続資格は問題ないですね。その孫は代襲相続だから、四人とも、権利は同等や」

「故人の財産の内、約四分の一はミカサ計量の持ち株、現在の時価総額で三億円弱ってとこかな。その分については、長男、次男、長女の三人で分けるように記されていた。相続人となったその孫の親、つまり次女夫妻はミカサ計量とはまったく関係のない仕事をしていたんだ。二人とも、画家だった」

「画家夫妻ですか。優雅やな」

「絵ってのは食えないんだぜ。次女は美大を出て、中学の美術教師をしながら絵を描いて、でかい展覧会で賞をとったこともあったらしいんだが、それでも絵が売れるというところまではいってなかったみたいだな。その夫も似たようなもんで、子供向けお絵描き教室を経営してなんとか生活費を稼いでた。二人の結婚を三笠孝太郎は反対したようで、飛行機事故で亡くなるまで、次女夫妻はほとんど三笠家とは交流がなかったらしい。次女の夫がロシアの美術展に入賞して、その授賞式の帰りに事故に遭ったんだ。子供は事故当時まだ三歳、次女の夫の実家に預けられていた。その子はそれからずっと、その家で育った。今は十六歳、高校一年生だ」

「なるほどね。だから故人は、孫にはミカサ計量の株を遺さなかったわけですね」

「遺してもしょうがないだろう。十六の子に株券なんか持たせても、適当に売っちまうしかないもんな。会長に退いた時、故人は、持っていた自社株を社員持株会に大部分売却した。実になんというか、あっさりした人だったんだな。残りの株は、故人にとってはまあ、会社との思い出の品、くらいの意味だったんじゃないかな。三億弱の株はその思い出の品だ。それを、今でもミカサ計量に関係している三人に分けた。そういうことだろう」

「でもミカサ計量は三笠孝太郎の代に上場したんでしょう？　それで持ち株を売却済みだったら、遺産の額が十億やそこらってのは、少ないですね」

「売却先は社員持株会だからな、最初から売却益なんか期待してなかったろう」

「だとしても、上場時に社長やってたんなら、かなりの株を持っていたはずですよ」

「だろうな。でも実際、遺産のうち現金は二億くらいしかなくて、他には電力会社やテレビ局なんかの株が合わせて一億ちょい、残りは不動産なんだ。三笠孝太郎が個人的に依頼していた税理士の話では、この十五年間に、三十億以上の金をあちこちに寄付していたみたいだ」

「すっごーい！」

紗理奈が大声を張り上げた。

「三笠さんって太っ腹～」

「俺に言わせれば、正気の沙汰じゃない」

高木は一刀両断して、目の前の紙コップからコーヒーをぐびっと飲んだ。

「三十億も他人にばらまくくらいなら、その一割でも俺にくれればよかったんだ」

「高木さんだって他人じゃないですかぁ、三笠さんにとっては」

紗理奈が言いながら空の紙コップを摑んだ。

「もう一杯、飲みます？」

「あ、いいよ。この事務所でお茶汲みを女の子にさせると、清州女史がうるさいから」

「あたしも飲みたいから、ついでですよお。高木さんは、砂糖なしでミルク多め、でしたよね。歌さんはどうします？」

「あ、じゃ、砂糖なしミルクふつうでお願いします」

「わっかりましたぁ。あたし、ココアにしようっと」

「賑やか過ぎるのが玉に瑕《きず》だけど、いい子だよな、紗理奈って」

高木が優しい声で、紗理奈が出て行ったドアを見た。

「ええ、いい子です。ほんまは繊細やし、気持ちのあったかい子やし」

「なんだ歌さん、あの子のこと？」

「ち、違います。絶対に違いますからね、変なこと言いふらさないでくださいよ。俺、こう見えても、将来を誓った相手がいるんです」

「京都に？」

「いや……今はアメリカにいます」

「なんだ、ずいぶんな遠距離恋愛だなあ」

「そうなんです……遠いんですよ。いろいろ、考えちゃいますよ。顔を見たい時に見られないって、けっこう、きついっす」

「きついよなあ、遠距離は。俺も経験あるんだ。司法修習生時代に知り合った子で、その子は優秀で検事になったんだけど、検事ってのは日本全国に転勤があるんだよね。やれ札幌だ福岡だ、名古屋だってさ……結局、お互いに疲れちゃったんだなあ。いつの間にか、向こうに男が出来てたみたいでさ。だけど責められなかったんだ。俺の方も、本気でないにしても他の女の子と、ま、いろいろあったりして。ごめんなさい、って打ち明けられた時、腹は立ったけど、こっちにも後ろめたいことはあったから、痩せ我慢してさ、そうだね、そろそろ潮時かもね、なんて言っちゃった」

「後悔してるんですか」

「うーん、どうなんだろ。たまに思い出すと、やっぱ彼女がいいなあ、なんて思ってさびしくなることもあるんだけど、それだって日に日に思い出すこと自体が少なくなるし。そのうち、時間がみんな解決してくれるんだろうな、と思うよ。だけど、やっぱすぐに他の子を好きになるってことは出来なかったなあ。別れてもう四年近いけど、この四年の間に女の子に惚れたって経験、してないんだ。遊びに行ったり、ラブホに行っちゃったりはしても、ね。歌さん、その子、いい子？」

「はい。性格は最高やと思ってます。顔もまあ……俺にはもったいないかも」

「だったら、遠距離、いつまでも続けてたら駄目だと思うよ。彼女に帰って来いって言えよ」

「それは……今は無理です。彼女、ようやっと自分の夢を見つけたとこで」

「だったら、歌さんがアメリカに行けばいい」

「それも無理っす。第一、こっちの弁護士資格は向こうでは」

「とればいいんだよ、向こうでも弁護士資格。日本とアメリカ、両方の資格持ってる人はけっこういるよ。向こうのロースクールに入って資格をとって、向こうの日本人社会で仕事するとか、道はいくらでもある。歌さん、いいか、一生連れ添いたいと思う女と出逢うことなんて、たぶん人の一生の間に一度あるかないかの出来事だぜ。その子を逃がしても、そりゃ結婚相手は見つかるだろうしそれなりの人生もおくれるだろうけど、それでほんとにいいのかよ。彼女と別れちゃう人生が想像できないなら、決断しないと」

歌義は返事が出来ずにいた。高木の言いたいことはものすごくよく理解できた。でも、それでも、今の自分に日本での弁護士活動を諦めてアメリカに渡り、一から始めることなどは考えられない。そして、今のまり恵に、夢を諦めて帰国しろなんてことは、絶対に言えない。


「これが問題の、暗号ですか」

歌義はわざと話を変えた。コピーの文面を読む。

『ただし、綱島啓吾《つなしまけいご》が遺産の受け取りを拒否した場合には、現金、株券等は他三人の相続人で分けるものとする。この他に、綱島啓吾には、私の愛したすっぱいものを遺す。この品については、綱島啓吾が受け取りを拒否することはないと信じるが、万が一受け取りを拒否したり、私より綱島啓吾が先に死亡していた場合には、あさかぜ法律事務所の判断により、しかるべきところに寄贈するものとする』

「な、なんですか、これ」

歌義は思わず言った。

「私の愛したすっぱいもの、って、意味不明や！」

「その通り、まったく意味不明だ」

高木が万歳して見せた。

「すっぱいもの、ってくらいだから食べ物には違いないと思うんだが、食べ物をしかるべきところに寄贈、ってのはどう考えてもヘンだろう？　さっきも歌さん、すっぱいもの、っていったら、漬け物とか鮨とか、そんなもんばっか思い浮かべたよな。つまり、すっぱいもんってのは、たいてい、生ものとか漬け物とか、発酵食品とかって、寄贈されても迷惑、ってもんなんだよ。第一、そんなもん、いつ死ぬかもわからない時に遺言状に書いておくこと自体、おかしい。いくら梅干しは十年もつ、って言ったって、三笠孝太郎の余命がどのくらいあるかなんて、本人だってわかってなかったんだから」

「自殺するつもりやったとしたら、まあ別ですけど」

「それはそうだが、遺言状を作成した時点で自殺するつもりだったとしても、食べ物を遺言状で受取人指定なんかするか？　秘蔵の梅干しを孫にやりたいんなら、自殺する前の日にでも、クール宅配便で送ればいいんだから」

「まあそれはそうですね……この部分だけだとはっきりわからないんですが、綱島啓吾、つまり次女の息子は、他の遺産についてはどんなふうに扱われてるんですか」

「ミカサ計量の株についてだけは相続からはずされているが、あとのものはほぼ公平に分けられてるよ。不動産については、都心の価値の高いものは他の三人に分けて、その子には伊豆高原の別荘が遺された。いらなければ売って金に換えてもいいように、ってことだろうね。あとは他の三人より現金の配分が少し多いかな。相続税の支払いもあるんで、その配慮だろうと思う。美術品の類いもいくつか遺されてるけど、売りやすいもんばっかりだ。総額で言えば、四人の相続人の中ではいちばん少ないけど、まあだいたい一億円くらい、十六歳で貰うにしてはけっこうな遺産だよ。ちなみに、他の三人は、綱島啓吾に遺された分についての異議はまったく唱えていない……ただひとつ、この、すっぱいもん、以外はね」

「やっぱ、すっぱいもん、は他の三人も気になるんですね」

「そりゃ気になるさ。歌さんが指摘した通り、三笠孝太郎の遺産は世間が考えているよりはずっと少なかった。孝太郎が寄付マニアだったことは事実だから、上場で得た利益やら講演料やら印税やら、そういうもんはほとんど寄付に消えているのは確かだろうが、それでももしかすると、差額がまだ数億円くらいはあるって可能性は考えられる。この、すっぱいもん、にもし数億円の価値があるとしたら、綱島啓吾の分け前は四人の相続人の中でいちばん高額になるかもしれないんだ。俺が話してみた限り、他の三人の相続人も特にがめついとか意地が悪いとかいう感じじゃないし、次女との仲も悪くなかったみたいで、早くに両親を亡くした甥っ子に対しては同情的だった。甥っ子の将来を考えて、自分たちの相続分からもう少しまわしてもいい、みたいなことまで口にしてたよ。まあ建前と本音は違うんだろうけど、それにしても、すっぱいもん、のことさえなければ、今回の遺産相続はどうってことない簡単な話だったんだ。だけどなあ、この文面じゃ、気にするなって方が無理だろう？　すっぱいもん、の正体が判ってすっきりするまでは、相続完了するわけにはいかないと言われても、俺としては返す言葉がないんだよ。ああ、いったいなんなんだ、このすっぱいもの、って！」

紗理奈がコーヒーの紙コップを三個持って部屋に戻って来た。

「この紙コップって、なんか無駄っぽくないですか？　あのコーヒーメーカーだと、他のカップでも問題ないと思うんですよねえ。みんなマイカップを使うようにって、提案してみよっかなあ、あたし」

「うん、月曜ミーティングの時に提案するといいよ。でも今は、紗理奈、こっちの件に集中してくれ。すっぱいもん、ってなんなのか、これが何かの暗号なら、真の意味はなんなのか、推理してくれよ」

「まあ、暗号なのかもしれないんですけどぉ」

紗理奈は紙コップをふーふー吹いてから、ずっ、と一口すすった。

「あ、あっまーい、これ」

「ココアは甘いのが当たり前じゃん」

「そうですけど、これは甘すぎ。で、それ、暗号っていうよりも、おじいちゃんと孫にだけわかる、その、合い言葉みたいなもんじゃないかって」

「符牒、ってこと？」

「え、なんですか、フチョー、って」

「なんて言えばいいかな、業界用語、みたいなもん。一部の人にしかわからない言葉を使って、他の人には理解されたくない会話をしたりするんだ。言葉だけじゃなくて、音楽とか数字のこともあるよ。万引きの常習犯が店に入って来た、って知らせるのに特定の曲を流すスーパーとか」

「ああ、そうです、そんな感じ。私の愛したすっぱいもの、って部分が、おじいちゃんと孫だけに通じる別の意味を持ってるんです」

「だけど、三笠孝太郎と綱島啓吾とは、ほとんど没交渉だったんだぜ」

「そんなこと、わからないじゃないですか。誰にも言ってなかっただけで、おじいちゃんは孫に何度も逢っていたのかも」

「孫なら他にもいっぱいいるんだぞ。長男と長女は二人ずつ、次男は三人も子供がいる」

「綱島啓吾は特別なんですよ。喧嘩別れしたまま死んじゃった娘さんの子なんだもん。三笠のおじいちゃん、って、責任感とかすごく強いタイプだったはずでしょう？　理由はわからないけど、娘の結婚に反対した為に仲違《なかたが》いして、それっきり何もしてやれなかった。

そのこと、すごく後悔してたんじゃないかなあ。だから、そろそろ自分が死ぬかもって思った時、遺言状でその罪滅ぼしをしなくちゃ、と考えた。だけど、ひとりだけにお金をたくさん遺したら揉めるに決まってる。だから他の人にはわからないように、合い言葉を使った」

「そんな合い言葉、意味ないじゃないか。どっちにしたって遺言状が執行されれば綱島啓吾に何が遺されたのか、わかっちゃうんだから」

「だって現実にまだ、わかってないじゃないですか」

「だから執行できないんじゃないか」

「あの」

歌義は、高木と紗理奈の会話に割って入った。

「本人には訊いてみたんですか」

高木は、ふう、とまた特大の溜め息をついた。

「当然だろう。真っ先に訊いたよ。で、その答えが、ずばり、何のことかわかりません、だったってわけ」

高木は、テーブルにばったりと顔を伏せた。

「おじいさんと逢ったことがあるの、って訊いたら、ありません、の一言だし、すっぱいものは好きなの、って訊いたら、嫌いです、の一言。とりつくしまもない、ってのはああいうのを言うんだよなあ。とにかくさ、無口な子で、俺のこと嫌いなのか目もあわせてくれないし」

「綱島家は今回の遺産相続について、なんと言ってるんです?」

「早く言えば、勝手にしてください、ってとこ」

高木がうめく。

「今さら三笠孝太郎の遺産なんて興味がないけど、啓吾に遺されたものを自分たちが拒否する権利はないので、啓吾が欲しいと言うなら相続させます、ってさ。で、啓吾に、遺産が欲しいかどうかって訊いたら、別にどっちでもいいです、だもの。なんなんだよ、ったく。生意気なんだよ、なんにもしてないのに一億が手に入るなんて、自分がどれだけラッキーなのかわかってんのか、って感じ。まあさ、綱島家が冷淡なのはある程度しょうがないけど、でも本心は、金なら受けとっとく、ってとこなのは間違いないんだから。純粋に孫の将来を考えても、教育費が潤沢にあって悪いことはひとつもないもんなあ。だけど、金以外のめんどくさいもんならいらない、ってとこなんだろ。啓吾の祖父母、つまり孝太郎の次女の、義理の両親にも、すっぱいものに心当たりがないかって訊いてみたけど、呆れたみたいに笑ってただけだ。そりゃ呆れるよなあ、こんなへんてこな遺言なんて、遺す方がどうかしてる」

「仮に啓吾が受け取りを拒否したとしても、すっぱいものが何なのかわからなければ、しかるべきところに寄贈なんて出来ないですよね」

「そうなんだよおおお」

高木がどんどん、と拳でテーブルを叩いた。

「それをきちんと片付けないと、相続完了しないんだ。相続が完了しなければ、三千万は貰えない！」

歌義がなんと言えばいいか迷っている間に、高木はむくっとからだを起こした。

「ところでさ、歌さん、なんでここにいるの？」

「え、だから、清州さんがこの件は俺向きだから手伝ってやれって」

「手伝ってくれるのはありがたいけど、分け前はないよ」

「わかってますよ」

歌義が言うと、高木は破顔した。

「そう？　いやあ、助かるなあ。ボランティアで手伝ってくれるならもう、大歓迎！　じゃ、今度は歌さんに頼もうかな」

「何をです？」

「事情聴取」

高木は、どん、と資料の束を歌義の前に置いた。

「綱島啓吾んちに行って、もういっぺん、あの子と話して来てよ。紗理奈と一緒に。俺、啓吾に嫌われちゃったみたいだから、さ」

「はあ」

歌義の代わりに紗理奈が元気よく返事した。

「はーい！　行ってまいりまーす！」

3

綱島啓吾は、本当に寡黙《かもく》な少年だった。これでは高木が、嫌われた、と思ったのも無理はない。歌義と紗理奈を前にしても、にこりともしなければ、自分から何か話すということもない。質問すれば答えてはくれるが、多くて二言、たいていは一言。

「まだ片付かないんですか」

啓吾の祖母は、紅茶とロールケーキをテーブルに並べながら苦笑した。

「そんなにめんどうなんでしたら、もう、三笠の遺産などいらないと、相続放棄した方がいいんじゃないかって、夫とも話し合っているところなんですよ。ただねえ、相続するお金はこの子のものですから、わたしらが短気を起こして、この子の財産を失うなんてことはできませんし」

「いえ、たとえ相続を放棄していただいたとしても、やはり相続完了できないんです」

「あら、それはどうしてですの？」

「遺言状はお目通しいただきましたよね」

「ええ、遺言状の開封の時、この子の付き添いというか保護者として、一緒におりましたから」

「啓吾さんに遺されたもののうち、遺言状に、私が愛したすっぱいもの、と記されたものがあったのを憶えていらっしゃいますか」

「ああ、何かそんなおかしな文章がありましたね、確かに。聞き違いかと思ったんですが、皆さん、笑っていらっしゃったので、あれはなんですの、書き間違いでしょうかしら」

「遺言状は公証人によって確認され、それを三笠孝太郎さんも再度確認していますから、書き間違いということはないと思います。で、そのすっぱいもの、が何なのかがまだ判らないんです。もし啓吾さんが遺産相続を放棄されますと、そのすっぱいものは、遺言状に従って、わたしどもあさかぜ法律事務所が、しかるべき寄贈先を選定しなくてはなりません。ですが、物がなんなのかわからなくては、しかるべき寄贈先をどこにしたらいいのかもわからないんですよ」

「あらまあ」

祖母は、啓吾の顔を覗き込んだ。

「けいちゃん、あなた、ほんとに心当たりってないの？」

啓吾が首を横に振る。祖母は、溜め息をついて頷いた。

「まあねえ……この子に心当たりがあるはずはないと思いますよ。だって三笠さんとこの子の両親とは、ほとんど没交渉だったんですから」

「啓吾さんは三笠孝太郎さんにお会いになったことはないんですよね」

「一度だけ、ありました」

祖母はあっさりとそう言った。歌義は紗理奈と顔を見合わせた。

「お会いになったことが、あったんですか！」

「ええ。啓吾が生まれてから……三年目くらいだったわね、あれは。あの事故の直前だったかしら。三笠さんが突然、うちにみえましたの。どうしていらしたのか、わたしはよく存じませんけど、啓太《けいた》が……あ、啓太、というのがこの子の父親です。その啓太が、自分が招待したと言っていたような記憶がございます。啓太と陽子《ようこ》さん、つまり啓吾の母親ですわね、二人は当時、ここで一緒に暮らしておりました。ここから見えますでしょう、ほら、あれ」

祖母が手で示したのは、リビングのサッシから見える庭の向こうの、古びた小さな建物だった。

「この家は昔、農家だったんです。夫の親の代までは近くに畑を持ってました。あの建物は、その農作業小屋でした。それを改築しましてね、そこで啓太が近所の子供達を相手にお絵描き教室を開いていて、陽子さんは中学で美術を教えていて。倹《つま》しい生活でしたけれど、幸せな、いい家族でした。ただ、陽子さんがご実家と仲違いしていることを啓太はとても気にしていて、いつかは仲直りして、啓吾をおじいちゃんに逢わせてやりたいと言っていたんです。でもねえ……亡くなった方を悪く言うのは気がひけますけれど、早い話が、うちのような経済力のない家との縁組みがお嫌《いや》だった、そういうことでしょう。わたしと夫とは、陽子さんのことはとても気に入っていて、いいお嫁さんだと思っていましたけれど、蔑まれてまで三笠家とおつきあいしたいとは思っていませんでしたわ。陽子さんと啓吾のことは、生涯、我が家の家族として大切にしていく、それでいいと考えておりました。でも啓太は、それでは気が済まなかったんでしょうね、いろいろと手を尽くして、三笠さんをここにご招待することになったようです。あまり大げさにしてもかえって気詰まりだろうということで、その日は確かお昼ご飯にお招きして、出前のお寿司をとっただけ、という簡素なおもてなしでした。陽子さんはまだ三笠さんのことを怒っていたのかあまり口を開かなくて、わたしと夫とが気をつかって三笠さんとお話ししていたように憶えています。三笠さんは、饒舌《じょうぜつ》な方ではありませんでしたわね。それでも、お土産にミニカーのセットをお持ちになって、それで喜んで遊んでいる啓吾のことを目を細めて見ていらっしゃった……ああ、この人も孫は可愛いんだなあ、と思って、わたしも少し、心をやわらげました。三笠さんはほんの二、三時間ほどでお帰りになりました。でも啓太は、これをきっかけに少しずつ関係を修復するんだと喜んでいて……」

祖母は不意に涙ぐんだ。

「あの事故は、それから二ヶ月も経たない時に起こってしまいましたのよ。でも……それ一回きりになったとはいえ、陽子さんとお父様とが一緒に食事が出来たというのは、やっぱりよかったんでしょうねえ。ただ、二人のお葬式のあとは三笠さんから何の連絡もありませんでした。だから啓吾のことは、三笠家とは関係のないものと思って、わたしら夫婦でしっかり育てていこうと心に誓ったんですよ。今頃になって遺産を分けてやると言われても、なんだかねえ……素直に受け取りたくないような気持ちで。でも啓吾の将来の為に、お金はあって困ることはございませんでしょう、そう思って割り切ることにしましたの。三笠さんがこちらにいらした時、啓吾はまだ三歳になったばかりくらいです。あの時のことは、何も憶えていないと思います」

「あの」

紗理奈が片手をあげた。発言を求める挙手なのだろうか。歌義は笑いそうになったが、紗理奈の顔が真剣だったので、こらえた。

「その時、三笠さんがお土産に持って来たのはミニカーだけでした？」

「え？　さあ……ああ、お菓子をお持ちいただいたかもしれませんね。お食後に焼き菓子を食べたような記憶が。あとは……どうだったかしら……あら。そう言われてみれば、何か……あれは何だったのかしら、何かこう……四角い包みを持っていらしたような気も。でも……勘違いかしら？」

「啓吾くん」

紗理奈は啓吾の方にからだを乗り出した。

「あの、啓吾くんのお部屋を見せてもらってもいい？」

啓吾は、びくり、として顔を上げたが、意外なことににっこりした。

「はい、いいです」

「棚橋さん、いったい」

歌義が言いかけたのを紗理奈は目で制し、啓吾の手を握って立ち上がった。

「じゃ、行きましょう。お姉さんのこと案内してくれる？」

啓吾の部屋は二階にあった。その簡素な建物の中でいちばん日当たりのいい、二階の南向きの部屋だ。両親を早く失っても、祖父母に愛されている啓吾は幸せな子だ、と歌義は思った。

ドアを開けて驚いたことに、部屋はきちんと片付いていた。というよりも、几帳面に片付き過ぎている印象すら受けた。勉強机の上に置かれたパソコンの横には、小さな人形がぎっしりと、アクリルケースにおさめられて並んでいる。食玩《しょくがん》だ。コンビニなどで売っている、お菓子のついた人形。歌義は興味がないのでよく知らないが、同じシリーズばかりが実に几帳面にディスプレイされている。

啓吾は嬉しそうに繋いだままの紗理奈の手を引っぱり、ディスプレイを見せた。

「すっごーい！」

紗理奈が甲高い声で感動する。

「流星魔人ヒューダー、コンプリートしてる！　シークレットってこれ？　見せて見せて！　わあ、銀色のヒューダーなんだ！」

「銀色一色のと、紫のベルトしてるのとあるんだ。シークレットはこの二つなんだよ。紫のベルトしてる方が超レア」

「紗理奈、かんどーうっ！　これどうしたの？　ヤフオクで一万円以上してるんでしょ、まさか買ったの？」

「オークションでお金出して買ったんじゃ面白くないもん、東京中歩いて、コンビニまわったんだよ」

「だって、そんなことしたらダブリがいっぱい出ちゃうじゃない」

「ダブリは交換するの。ネットに交換相手みつける掲示板、あるんだ。でも超レアはぜったい、交換なんかして貰えないからね、あとは、勘」

「かん？」

「そう、勘。なんかぼく、わかるんだ。レアなやつが東京のどのへんにあるか、ほら、この地図ぱらぱらめくってるとわかるんだ」

　二人が何の話をしているのか半分もわからなかったが、東京の区分地図帳を手に自慢げに笑っている啓吾は、さっきまでの寡黙な少年とはまるで別人のように生き生きとしていた。

「す、すごい。すご過ぎる。啓吾くんって、ものすごい才能、持ってるんだね。エスパーじゃん」

「このこと、内緒だよ。誰かに言ってもどうせ信じてもらえないし、信じたら信じたで、めんどくさいことになるでしょ」

「うん、わかった。でもあたしには話してくれてありがと」

「お姉さん、なんかぼくと同じ星から来たって感じ、したから」

「わあ、実はあたしもね、啓吾くん見た時、そう思ったんだ。よかったあ、啓吾くんと知り合えて」

　異星人同士は両手を握り合って笑っている。歌義は、軽い目眩《めまい》を感じたものの、なんとなく二人と幸せをわかちあっているような気持ちになって、楽しかった。が、今はほのぼのとしている時ではない。歌義は紗理奈の方に目配せしたが、紗理奈は軽く頷き、そしてさっと、壁の方を手で示した。歌義がその方を見ると、壁には、画用紙よりひとまわり大きいくらいの絵がかかっていた。

抽象画で、何が描かれているのか歌義にはわからなかったが、赤い色とオレンジ色のかたまりが散る中に、青い小さな円が波紋のように何重にも重なっている。

どこかで見たモチーフのような気もしたが、思い出せなかった。

紗理奈がもう一度頷き、啓吾に訊いた。

「ねえ啓吾くん、あの絵だけど。あれ、いつからここにあるの？」

「さあ」

啓吾は首を傾げる。

「ぼくがちっちゃい頃からあるよ」

「あれ、何の絵？」

「知らない。でもたぶん、失敗作だと思う」

「失敗作？　どうしてそう思うの？」

「わからないけど、ぼくがうんと小さい頃、この絵はしっぱいだ、って聞いた気がするんだ」

「誰から？」

「わからないってば。わからないけど、誰かがぼくに言ったんだ。しっぱいだ、って。しっぱいだから、啓吾にあげる、って」

紗理奈がニヤリとして歌義を見た。

歌義は、口の中で小さく、しっぱいもん、と呟いた。

＊

「ありましたよ、ほら」

インターネットの海の中から、紗理奈が拾い出して来た画像をみんなで見る。

重坂克美《しげさかかつみ》作　『連作　失敗・青』

「まんまだ」

高木が大きく溜め息をついた。

「すっぱい、じゃなくて、失敗、だったのか」

「重坂克美っていったら、抽象画の巨匠じゃない。これ、いくらくらいするんだろ」

清州真紀が呟く。紗理奈はカタカタと音をたててキーボードを叩いた。

「連作でこの失敗、ってシリーズ、七作あるんですね。虹の七色、七色の失敗かぁ。なんかひねってあるなあ。抽象画ってわけわかんないけど、この人のは特にわけわかんないですよねえ……っと、あったあった。失敗・紫が……げえええええっ、百五十万円！　こんなちっこい絵が、百五十万ですよ！」

「そんな騒ぐような値段じゃないわよ。絵なんて値段があってないようなもんなんだから。バブルの頃なんてね、何億円って絵がばんばん売れてたんだよ。まあでも、よかったじゃない。百五十万くらいだったら、他の相続人も文句は言わないでしょ」

「まあそうですね。もともと自社株の分だけ他の相続人の方が取り分が多いですから。あ、すっきりした。これで相続、無事完了ですね」

高木は嬉しそうにパンと手を打った。

「だけどどうして、ちゃんと絵の名前を遺言状に書かなかったんでしょうか、三笠さん」

「きっと」

紗理奈はまだあちこちの画面を表示させてひとりで楽しみながら、言った。

「三笠のおじいちゃんが孫に遺したかったのは、失敗、っていう名前の絵じゃなくて、すっぱいもの、って名前の絵だったからじゃないですか」

「だって、あの絵はすっぱいもん、って題名じゃないだろ」

「これはあたしの想像ですけどぉ、たぶん、三歳だった啓吾くんがね、言ったんだと思うんですよ。おじいちゃんが、この絵は、失敗、って題名なんだよ、変な題名だろ、とかなんとか教えた時、すっぱい、って。男の子で三歳だとまだ、言葉が不明瞭でも不思議はないでしょ、だから、しっぱい、って言えなくて、すっぱい。すっぱいもん。それでおじいちゃんが笑って、そうかそうか、これはすっぱいもの、か、って。孫が喜んでまた、すっぱいもん、すっぱいもん！」

紗理奈の想像はきっと当たっている。歌義にも、その時の光景が目に浮かんだ。

「三笠さんは、自分がとった行動を失敗だと思っていたのね。陽子さんの結婚に反対したことを。でも、頑固な昭和の男だったから、娘から先にごめんなさい、って言ってくれないと自分からは謝れなかった。それで、画家だった娘さん夫婦なら、この絵を見ただけで自分の気持ちは伝えられる、そう考えたんでしょうね」

真紀の言葉に、高木が疑問を投げた。

「だけどそれなら、もともと娘さんに譲渡したもんなんだから、今さら遺言状に書かなくても」

「ひとつには、後で絵の価値が他の相続人に知られて揉めるかもしれないと思った、ってことはあるんじゃない？　それともうひとつ……三笠さん、啓吾くんに、知らせたかったんじゃないかしら。この絵の本当の名前を」

「失敗・青、って？」

「そう。すっぱいもの、じゃなくて、絵の題名は、失敗。三笠さん、啓吾くんに謝りたかった。啓吾くんの両親の結婚に反対して、辛い思いをさせたこと。でも最後まで、頑固な昭和のおじいちゃんは、孫に頭を下げられなかったのよ。遺言状に絵のことがそのまま書いてあったら、うちの事務所も絵の題名からこうやってネットなんかで価格を確認して、それで終わりになっちゃったと思うの。他の相続人だって反対しないし、電話一本綱島家にかけて、そういうことですのでよろしく、それでおしまいに、ね。三笠さんは、ちょっとした騒動を起こしたかった。遺言状に謎掛けをして、わたしたちが困っていろいろ探って、啓吾くんにも話を聞く、そういう事態を引き起こしたかった、そんなふうに思える。こうやってごたごたすることで、長い間胸に抱えていた思いを、啓吾くんや綱島さんご夫妻に伝えたかった」

紗理奈の手がとまり、画面には、連作・失敗についての美術評論家の記述が現れた。

『この連作・失敗は、七つの小品から構成されている。重坂克美が過去の人生において自分がおかした七つの過ちについて描いたものであり、重坂自身、言葉では言えない恥ずかしさを筆にこめた、告白である、と述べている。このうち、失敗・青、は、重坂克美の最初の結婚における、不在の過ち、を描いている。最初の結婚を十代でした重坂は、家庭を顧みずに創作や旅に没頭した。ある日重坂が旅から戻ってみると、妻子は家を出ていた。青の同心円は子供が成長する姿を表し、自分がおかした不在の過ちは、子の成長と共にその罪を広げるものであると懺悔《ざんげ》している』

「やっぱ、わけわかんないですよね」

紗理奈はふう、と息を吐いた。

「絵なんか描いてる時間があったら、さっさと謝りに行けばよかったのにね」

「三笠孝太郎の三十億余りの寄付ですが」

高木が、書類の束を真紀に差し出した。

「ほぼ全部、調べがつきました。びっくりしたことに、すべて、子供関係の施設や団体に寄付されてましたよ。交通遺児奨学金、児童福祉施設、障害児教育の団体、ＮＰＯ、発達障害研究団体、母子家庭を援助してる団体エトセトラエトセトラ。三笠孝太郎に隠し財産はありません。相続問題は一件落着です」

「自分の孫にごめんなさい、って謝る代わりに、三十億を他人の子供たちに、かあ」

紗理奈が言う。

「太っ腹でへそ曲がりって、家族には迷惑かもしれないですねえ」

真紀は笑いながら言った。

「でもいいじゃない。そのおかげで助かった子供が、きっと何千人っているんだもの。世の中には、そういうへそ曲がりも必要だってこと」


歌義は、真紀の横顔にそっと囁いた。

「あの、清州さん」

「なに？」

「ちょっと相談にのっていただきたいことがあるんですが」

「どんなことで？　借金ならだめよ、わたし、他人にお金は貸さない主義」

「そうじゃなくて……ぼくの進路ってゆうか……今後のことについてです。これからぼくが、どういう方向に向かって仕事したらいいか、って」

「あら」

真紀は、面白そうな顔で頷いた。

「いいけど、わたしでいいの？　もっと親切な人に相談したほうがよくない？」

「いいえ、今度のこと、ぼく向きや、って清州さんが言ってくださったから。今回は棚橋さんがみんな解決しちゃったけど、ほんまはぼくが解決せなあかんかった……あの子と打ち解けたり、三笠孝太郎の気持ちを想像したり、そういうこと、ぼくがせなあかんかった。清州さん、それを期待してくれたんやなって……だから」

清州真紀は、少し意地悪そうに微笑んで、わかったわ、と頷いた。

白い彼岸花

1

成瀬歌義は、夏が好きだった。少なくとも京都で暮らしていた頃は。

京都の夏は暑い。とてつもなく暑い。特に京都市内は、盛夏には日中気温が三十七度にもなり、四条河原町《しじょうかわらまち》あたりではエアコンから排出される熱風のせいもあって、ビルの壁に表示される気温のデジタル数字が41℃などというとんでもないものになることもある。しかも、盆地特有の気候のせいで、夜になってもあまり気温が下がらない。夜間もエアコンをつけっぱなしにしないと、寝苦しくて睡眠不足になってしまう、京都の夏はかほど過酷だ。

けれど、歌義はそんな京都の夏がなぜか好きだった。

じりじり照りつける日差し、不快指数が80を超える蒸し暑さ、そんな真夏の午後、着慣れない白いシャツに拷問《ごうもん》のようなネクタイまでしめて、タオルで噴き出す汗を拭《ぬぐ》いつつ、クライアントの家に向かって町家《まちや》のならぶ路地を歩き回った頃のことが、この夏は特に懐かしく思えていた。

東京の夏も暑い。そして湿度は高い。不愉快だという点では、京都の夏と同じくらい不愉快な季節である。が、東京では、ありとあらゆる場所でエアコンが使われていて、ありとあらゆる場所が地下で繋がっていた。

歌義が勤める法律事務所のあるビルも、地下鉄の駅の真上に建っているタワービルと地下の飲食店街を通じて繋がっていて、ビルのエレベーターで地下まで行くとそのまま地下鉄の駅まで外に出ることなく歩いて行ける。飲食店街は冷房されていて暑さは感じないし、地下鉄の駅もホーム以外は冷房が効いていた。そして電車に乗り込めば、中は長袖の上着が欲しくなるほど冷やされている。

オフィスを出てから目的地の駅に着くまで、外気に肌をさらすことなく、太陽の光を浴びることもない。スーツにネクタイがさほど苦痛ではない日常。目的地の駅に着いても、個人宅を訪ねるのでなければだいたいは同じような感じで、たまに駅の外に出て蒸《む》れるような暑さの中を歩くとしても、せいぜい十分以内だ。

肉体的には京都で過ごした夏よりずっと楽だと思う。が、夏が自分の上を通り過ぎていく実感が味わえず、季節においていかれる寂しさがあった。ともすれば数日の間、まともに昼の外気に触れることなく一日が終わってしまう。朝起きて、ワンルームの窓を開け、ほんの申し訳程度についている狭いベランダで深呼吸ぐらいはしてみるが、家賃の安さで決めたマンションは周囲を背の高い建物に囲まれていて、真上を向かなければ晴れているのか曇っているのかもわからない。部屋を出て地下鉄の駅までの七、八分の時間も、毎朝腕時計を睨みつけて小走りに駅へ向かうだけ。余裕がないので天気や季節の移り変わりに目を向けることもない。

仕事が終わるともう、終電を気にする時刻になっていて、空には星もまばら。カレンダーの上で、日々だけは確実に過ぎていく。夏はどんどん去っていく。それなのに、夏なんや、という気分がまるで味わえない。

京都にいた頃は、毎日汗だくになって夏をからだ全部で実感していた。早く秋風が吹かないかな、涼しくならないかなと毎日うんざりしながらカレンダーを眺め、八月十六日の大文字の送り火が過ぎるとホッとしたものだった。

東京に出て二度目の夏。

カレンダーには、たった四日とはいえ、初めてもらう夏休みの印をつけてある。去年は休みをとる先輩弁護士達の仕事の穴埋めに、夏休みはとらなかった。今年も事務所には盆休みはないが、今年入って来た新人がいるので、なんとか休みがとれた。その夏休みのマークに向けて一日一日、八月が消化されていくのに、今、自分が八月の中で生きているという気がまるでしない。

季節感、という言葉について、歌義は、京都にいた頃には特に何も考えたことがなかった。考える必要がなかった、と言い換えてもいい。

京都の町家の前にはところ狭しと鉢植えが置かれていて、それらの花々が町に季節をもたらしていた。顔を上げれば三方が山々。冬の雪、春の桜、初夏の緑と夏の白雲、そして秋の紅葉と、山のある景色にはいつも季節がある。町中が桜で溢れた時季が過ぎると葵《あおい》祭、水無月《みなづき》という名の菓子が売られて夏が来て、祇園祭で盛夏を迎え、大文字で夏が終わり、時代祭が終わると紅葉の季節になって観光客が溢れる。特に何も考えていなくても、今が何月でどんな花が咲いて、どんな祭があって、と、季節は常に身近だった。

東京では、何も考えずに日々を過ごしていると、季節に対する感覚は見事に麻痺してしまう。

地下の飲食店街を歩くと、ランチメニューに若干の季節を感じることはあるが、所詮は冷凍だの養殖だのと思うとかえってしらけた気分になる。女性の服を売る店はいつも季節を先取りしているので、ディスプレイに目をやると八月の半ばなのにブーツやニットが飾られていて驚いてしまうし、地上に出て灼《や》けたアスファルトの上を歩いていても、街路樹の根元に植えられているのは四季咲きで手入れの簡単な草花ばかりだ。

とはいえ、季節なんてどうでもいい、と言ってしまえばそれまでなのだが。

歌義の仕事において、季節が問題になるということはほとんどない。通常、弁護士が扱う仕事に季節感は不必要だ。

が、今、歌義は、その「季節感」と戦っていた。


歌義が勤めている法律事務所は都内でも有数の大きな弁護士事務所で、ほとんどが民事、それも企業の法律顧問を得意としているタイプの事務所だった。その中では歌義は、比較的庶民向けというか、金額の小さな仕事を任されることが多い。それは歌義が本来自分の得意分野にしようと思っているものがそうした仕事だ、ということもあるし、歌義を今の事務所に推薦してくれた人が、いわゆる人権派と呼ばれるタイプの弁護士だったから、ということもある。

いずれにしても歌義はそうした仕事が好きで、企業関係の仕事よりも自分に合っていると思っている。だから、多少風変わりな仕事をまわされても、むしろ楽しみに思うことの方が多かった。

しかし今度の仕事は、風変わりというよりも、そもそも弁護士の仕事なんかな、と歌義でさえ首を傾げてしまう類いのものである。

2

「彼岸花って何色か知ってる？」

実質的な上司である清州真紀が、エアコンのリモコンを手に訊いたのは、一週間ほど前のことである。

「つたく、誰よ、この部屋こんな寒くしちゃったの。わたしは冷え性なんだから」

確かに人のいない会議室はよく冷えていたが、歌義にとってはそれほど寒いという感じでもない。女性はエアコンで冷やした空気に敏感だということを、歌義は東京に来てからやっと知った。

「彼岸花って、あの、田んぼの脇とかに並んで咲いてるやつですよね」

「東京では公園の花壇とかね」

「あれ、赤でしょう。彼岸花って赤いもんやと思ってたけど」

「わたしもそう思ってたのよね」

真紀は歌義の前に、一枚の紙を置いた。パソコンの画像をプリントアウトしたものらしい。

「ほら、白い彼岸花」

「あ、ほんまや！　花が白いけど、花の形は間違いなく彼岸花ですね」

「あるらしいのよね、彼岸花にも白いのって。でね、この件だけど、歌さんに任せようかと思って」

「この件って、この白い彼岸花をどうしろと」

「探して欲しいの。これの咲いてるとこ。しかも、この時季にね」

「この時季にって……彼岸花、ってくらいだから咲くのは九月でしょう？」

「わたしもそう思う。でも六月の終わりにこの白い彼岸花が咲いているところが、都内にあったんですって。それがどこだったか特定しないと、裁判に勝てないのよ」

「どういうことですか。裁判って、清州さんが今やってるのって、確か、連続老女強盗事件の」

「そう。M商事専務、高宮敬介《たかみやけいすけ》の長男、高宮浩介《こうすけ》二十歳が、世田谷区の路上で老女を殴ってバッグを奪った容疑で逮捕された。依頼人は高宮敬介。誰でも知ってる超一流企業の偉いさんの息子が、お年寄りばかり狙ってノックアウト強盗を繰り返すなんて悪質な犯罪を犯していたんで、今、マスコミがよってたかって大騒ぎの事件。しかも」

「高宮敬介の妻は、女優の柳沢《やなぎさわ》しほり、ですね」

「あら、芸能界にまったく疎《うと》い歌さんにしては、反応早いじゃない」

「芸能界に疎くてもいちおう弁護士なもんで、新聞くらい読みます。それに地下鉄の中吊りとかで週刊誌の広告あるやないですか、あれにすごい勢いで名前出てますよ、今」

「そうなのよねえ。まあ逮捕されたのは現行犯じゃなかったからまだましと言えばましなんだけど、いかんせん、連続して起こった老女強盗の目撃者たちの証言がほぼ一致してて、面通しで浩介が犯人じゃないと否定した人はいなかったらしい。つまり犯人の背格好は、高宮浩介によく似てるってことね」

「二十歳のとある日本人男性に背格好が似ている奴なんて、日本には何十万人といます」

「まさに。でも警察はそういうふうには考えない。運悪く、我々の依頼人である高宮敬介は、息子の子育てに失敗したことを自分で認めてるわ。つまり、浩介は不良青年である、ってこと」

「詳しいことは知りませんけど、これまでに逮捕歴があるんでしたよね」

「補導歴は片手に余るくらいあるわ。十五歳の時に盗んだバイクで喫茶店の看板につっこんでついでに飲酒してた、ってのを皮切りに、大麻で二回、未成年なのに飲酒運転でもう一回、知人を殴って暴行で確か二回、だったかな。十八を過ぎてからは大麻で逮捕一回、元彼女を殴って暴行で一回。うーん、まだあったかも」

「すさまじいですね。それ、子育てに失敗とかいう話じゃないんじゃ」

「まあねえ、でもわたしにもあなたにも子育ての経験はないでしょ？　簡単に他人を批判するもんじゃないわ、特に我々の商売ではね。たまたまいろんなことが重なって不良青年に育ったとしても、それですべてを親が悪いと決めつけるのは、それはそれで傲慢《ごうまん》なことよ。高宮敬介だって、自分の息子のことは可愛いのよ。だからとんでもない費用がかかるとわかっていて、わざわざうちに刑事裁判の弁護を依頼してきた」

「まあそれはそうですが、妻が柳沢しほりならお金には困らないんやないですか」

「それがね、そうでもないのよね」

真紀はコンビニの袋から取り出したポテトチップスのカシャカシャ音をたてる袋を開け、歌義に差し出した。

「はいこれ、今日見つけた新製品。ブイヤベース風味チップス。試してみる？」

「いいです。俺はのり塩しか受付けないんです」

「歌さんにはチャレンジ精神ってもんがないのよね。慣れ親しんだものを離れて新しい世界を知るためにわざわざ東京に出て来たんでしょ？」

「ポテチの新しい世界は知らんでもいいと思てます。俺、なんとなく甘ったるいみたいな後味があかんのですよ、そのいろんな味ポテチの」

「ああ、化学調味料か。アレルギーあるの？」

「いや、ただ苦手なだけです」

「だったらこれ試してみる？　札幌のやつ。通販で取り寄せたんだけど」

ポテトチップスにハマっている真紀は、コンビニに新製品が並ぶと必ず買い込んで来るし、珍しいポテトチップスがあると知ると通販で早速取り寄せる。

その時真紀が取り出したポテチは、なんと、チョコレート味、と袋に書いてあった。

「これ、化学調味料使ってないから。ほら袋の成分表にもないでしょ」

「し、しかし……これって」

「チョコレートコーティングしてあるポテチ。これ傑作よ、すごいあとひいちゃってもう、体重が心配！」

世間とは広いものだ、と歌義はあらためて感心した。ポテトチップスといえば少なくとも、甘くない食べ物だ、という歌義の認識などは、新たな味覚へとチャレンジする世のお菓子好きたちにとっては無意味なものらしい。

真紀にぐいと袋を突き出されて、歌義はこわごわ一枚指先につまんだ。さらに真紀が早く食べろと目で催促するので、急いで口に入れる。初めはセミスィートなチョコレートの味しかしなかったので、特に奇妙にも感じなかったが、チョコレートがとけるとその下にはしっかりと揚げた塩味のじゃがいもがあって、歌義の頭は混乱した。

「ね、あんがいイケるでしょ？　なんでも試してみるもんよ、人生は。歌さんって若いけど、割と冒険しないよね。弁護士って仕事は人間を相手にするわけだから、人の数だけ仕事のやり方もあると思わないと。先入観とか固定観念とかが最大の敵なのよ」

真紀の言うことはもっともだとは思うが、歌義は、ことポテトチップスに関しては冒険しない方が正解だと、チョコレートと塩に包まれた揚げた芋を呑み込みながら考えた。

「柳沢しほりは確かに人気女優だし、もう五十を過ぎたとはいっても、映画に舞台にと仕事が途切れることのない人よね。CMだけは義理の息子の乱行のせいで仕事が入らないみたいだけど」

「義理の息子、ということは、高宮浩介は柳沢しほりの子ではないんですね？」

「柳沢しほりは後妻なの。浩介の母親は、敬介が再婚する数年前に病死してる。で、柳沢しほりなんだけど、女優業の収入はたっぷりあるものの、副業の方で失敗してかなりの額の借金を作っちゃってるのね」

「副業というと、飲食店経営とか株とか」

「そう。カフェバーとチャイニーズダイニングのチェーンを経営していて、九〇年代半ばくらいから数年は絶好調だったみたい。でも二〇〇〇年くらいから業績が少しずつ悪くなって、二年前に倒産。残った借金の総額は三億ちょっとってところ。柳沢しほりの女優としての収入は年間で八千万くらいあるから、まあ切り詰めれば五、六年で返せる額ではあるんだけど、そんなわけで決してお金に不自由していない、という身ではないわけ。生活の方は夫のサラリーマン収入でまかなっているのが現状でしょう。もちろんサラリーマン収入っていっても、有名企業の偉いさんだから少なくはないでしょうけど」

「じゃ、うちに払う弁護料を工面するのはけっこう大変なんですね」

「そうでしょうね。うちは刑事事件は滅多に扱わないけど、扱うとなったら安くはしないから。もっとも、今回の事件はマスコミの注目度がすごく高いんで、もし見事に勝てればタダで引き受けたっていい一件ではあるけど」

「なんかその息子の素行聞いちゃうと、勝ち目なんてない気がしてきますね」

「状況はきわめて不利、ってとこね。ただつけ込む隙はあるの。警察は四つの事件を同一犯による連続犯行だって決めつけてて、そのうち一つの事件に関しては、高宮浩介にはアリバイがあるのよ」

「だったら犯人じゃないって決まりやないですか！」

「その一つに関してはね。でもそこにこだわると、検察は事件を切り離してひとつずつ起訴するでしょう」

「ってことは、まだ起訴されてないゆうことですね」

「そう。弁護方針としては、裁判にもつれ込む前に不起訴に持ち込む、これがベストだと思ってる。裁判になっちゃうと警察も検察も意地になるから。刑事犯罪をそう簡単に無罪にはできないしね。証拠不充分による不起訴だと、浩介の名誉にとっては微妙だけど、実質無罪ってことで依頼人も満足してくれるだろうし」

「その言い方だと」

歌義は慎重に言った。

「高宮浩介は完全にシロやない、ゆうことなんですか」

真紀は両の掌《てのひら》を上向けて肩をすくめた。

「はっきり言って、わからない。本人は否定してるけど、四つの事件のうち一つについては、アリバイもないし、なんとなーく曖昧な感じはあるの。でも残りの二つは、警察の捜査が中途半端だったこともあって、こっちに有利な材料がいくつかある。具体的に説明しましょう」

真紀は、ファイルを開いた。

「まず最初の事件は今から二ヶ月前の六月七日に発生した。場所は世田谷区桜新町《さくらしんまち》の住宅街で、時刻は夕方六時過ぎ。夏至まで二週間だから、夕方の六時はまだ明るいわね。被害者は近藤《こんどう》フサ、七十三歳。商店街で買い物して自宅に戻る途中、ひとりで歩いていて、後ろから駆けて来た男に紐を首にかけられて引き倒された。そのまま首を絞められたけど、命に別状のあるような絞め方ではなかったみたい。でも転倒したはずみに尾骶骨《びていこつ》を打って、七十三歳で骨粗しょう症気味だったんでしょうね、骨折して今も入院中よ。気の毒に。奪われたのは買い物袋ごとで、中には夕飯の買い物と、年金手帳やら財布やら入れた小物袋が入ってた。カードの類いはなくて、被害金額は現金七万三千円と小銭と、肉じゃがの材料に飼い猫の餌」

「七万ってのは、けっこうな金額ですね」

「お年寄りはＡＴＭを使うのが面倒というか、わからなくて苦手な人が多いでしょ。だから年金が入ると一気におろして、現金を持ち歩く。犯人はそれもわかっていて、お年寄り、特に、現金を肌身離さず持ち歩く女性を狙ったんだと思う。もちろん非力で襲い易いというのもある。この事件に関しては浩介には裁判になった時に無実を証明できるようなアリバイがない。でも、家にいたと証言してて、たまたま仕事が休みだった柳沢しほりも浩介が居間でＤＶＤを観ていたと証言してる」

「身内の証言に証拠能力はなかなか認められませんからね」

「そういうこと。でも何もないよりはましよね。ＤＶＤは近所のレンタルショップから借りたもので、ＤＶＤプレイヤーの再生記録で、犯行時刻にＤＶＤが再生されていたことは証明できるの。でもねえ、それを浩介が観てた、ってのは証明不可能よね。この第一の事件については争ってもあまりいい結果は出ないでしょうから、今は触らないでおくつもり。不起訴処分に持ち込むのに失敗して裁判になったら、なんとかしないとならないでしょうけど。ちなみにこの第一の事件には目撃者がいないの。日のあるうちの犯行だけど、住宅街でもともと人通りの少ないところだった。第二の事件はその一週間後、発生現場は第一の事件から電車で一駅、駒沢大学駅近くの、二四六からちょっと路地に入ったところ。時刻は午後七時四十分過ぎだけど、夏至間際の季節だから日没は七時頃、まだ完全に暗くなってなかったかも。でもあんまり関係ないんだけどね、事件現場には街灯があって、その街灯は六月は六時半になると点灯するんで、充分明るかったでしょうから。被害者は中内《なかうち》富子《とみこ》、八十一歳、やっぱり近所に住むひとり暮らしのお年寄り。手口は前とちょっと違ってて、路地から走り出て来た犯人がいきなり殴りかかって、被害者が倒れると手提げバッグを奪って逃げた。被害金額は、財布に入っていた現金だけで四千円ちょっと。中内富子さんは多額の現金は持ち歩かない主義だったみたい。倒れた時に膝を打ち付けて三日くらい入院したけど、今はもう元気になってる。で、この事件ではありがたいことに、高宮浩介のアリバイは鉄壁なの。浩介はこの時刻、バイトの面接を受けていた」

「いちおうバイトはしてるんですね」

「なかなか長続きはしないみたいだけどね。浩介は小学校から私立に通ってて、ほら、大学までつながってるやつね。でも高校一年の時に補導されて退学処分になって、それからはたまにバイトしながら家でぶらぶらの生活ね」

「確か、芸能界入りしようとしたこと、ありましたよね」

「なかなかのイケメンだからね。でも結局、芸能界だってそんな甘い世界じゃない、仕事に楽な仕事なんてない、ってこと。いずれにしても、浩介は父親の知人に紹介された宅配会社のバイト面接に行ってて、犯行時刻は面接の真っ最中だったの」

「だったら無罪確定じゃないですか」

「二つ目の事件については、ね。今のところ検察は、一連の事件を同一犯とみてるから、二件目に鉄壁のアリバイがあるのはすごく有利な事実。でもいざとなったら、起訴の段階で事件を切り離して、他の三件についてだけ起訴される可能性が高い、というか、まずそうなるでしょう。四つの事件のうち、せめてあと一つについて無実が確定的になる証拠を摑めれば、検察も慎重になるわ」

「そりゃそうですね。当初同一犯の犯行とみなしていたものが半分しか起訴できないとなれば、公判の維持が難しい」

「そ。だから、一件目と二件目の事件は下手《へた》に触らない方がいいわ。あまり検察を刺激すると、今のところは鉄壁だと思える二件目の事件のアリバイに万が一何か穴が開いてたりしたら大変だから」

「そうなると、勝負は三件目、四件目、ってことですか」

真紀はチョコレートポテチをぱりぱりと口に放り込みながら頷いた。

「三件目は、二件目の事件からさらに十日後、犯行現場は今度も東急田園都市線沿いで、用賀駅から歩いて三分くらいの商店街。今度は犯行時間もぐっと遅くて、夜の十一時を過ぎていたの。被害者は日野豊子《ひのとよこ》、六十五歳。四人の被害者の中ではいちばん若いわ。前の二人は年金暮らしのお年寄りだったけど、この日野さんは商店街の一角で、おでんとか小料理を出す呑み屋さんをしてる。いつもなら閉店は十一時、最後の客を送り出して店を閉めるのが午前零時過ぎなんだけど、この日は十時を過ぎるまでお客が来なかったんですって。日野さんは腰痛持ちで、客が来ない上に腰が痛み出して、もうこういう日はろくなことがないから早く閉めることにして、十一時前から閉店準備に入って、閉店時刻と同時に暖簾《のれん》しまっちゃったのね。それでいつもより一時間も早く、家路を急いでいた。日野豊子の自宅は犯行現場から徒歩十五分くらいのマンション。商店街のいちばんはずれまで歩いたところでフルフェイスのヘルメットをかぶった男に襲いかかられて、いつも持ち歩いているトートバッグを奪われた。中には店の売上金が、と言いたいところだけど、この日はお客がひとりもいなかったから、入っていたのは釣り銭用に用意してある、千円札と小銭だけで三万円。まあ不幸中の幸い、って感じだけど……この事件は前の二つとは異質よね。犯人はヘルメットをかぶっていたところからして、出来心でひったくりをしたわけじゃない。明らかに、店の売上金を狙ってる」

「それなのに、なんで同一犯の一連の犯行だと考えたんですかね、警察は」

「二件目の駒沢大学駅近くの事件には数人の目撃者がいてね、犯人の体型を、ものすごく背が高くて痩せていた、と証言してるの。正確な身長はもちろんわからないけど、目撃者の話からして百八十五センチはあっただろうって」

「なるほど。最近の若者は背が高くなったといっても、百八十五あれば、あ、背の高い人だな、と認識されますね」

「三件目の事件では、被害者の日野さんが犯人を間近で見てるわけだけど、フルフェイスのヘルメットのせいでもっと背が高く見えたみたいね。二メートルはあったなんて言ってるらしい」

「それはいくらなんでも」

「まったくあり得ないわけじゃないけど、まあ、百八十五以上、くらいの感じでしょう。でもひょろっと痩せていた、という点は二件目の犯人と一致した。桜新町、駒沢大学と来て用賀だから、犯人がこのあたりいったいに土地勘があることも想像できる。つまり同一犯と考えてもおかしくはない。まあ警察ってのはけっこう強引に物事考えるもんだからね」

「清州さん、刑事裁判の経験、かなりあるんですか」

「ここに来る前は刑事もかなり引き受けるとこにいたからね。歌さん、わたしにもあなたと同じような時代があった、ってこと。お金より正義が好物だった時代が」

「今は正義よりお金が好物なんですか」

「ううん。正義とお金は比較できないもんだ、って悟ったの。それだけ。比較できないものを無理して比較しようとすると、頭が混乱してろくな結果にならないのよ。えっと、どこまで説明したっけ」

「第三の犯行がそれまでの二つとは性質が違う、というとこまでです」

「ああ、そうだ。それでこちらが摑んでる感触としては、警察はね、この第三の犯行を中心に犯人捜査を行ったみたいね。つまり犯人が本当に狙ったのはこの第三の被害者で、その前の二件は練習みたいなもんじゃなかったか、って。最初の時は紐、二度目は素手と犯行方法が違うのもそのせいだろうって」

「でも第四の犯行が起こったわけでしょう」

「メインにするはずだった第三の犯行で考えていたような成果が得られなかったから、ね。警察はそう考えてるみたい。まさか客がひとりもいなくて釣り銭しか持ってないなんて犯人にはわかんないもんね」

「じゃ、高宮浩介が逮捕されたのは、その三つ目の被害者とつながりがあったからゆうことですか」

「その通り。実は高宮家は二子玉川《ふたこたまがわ》に自宅があって、第三の犯行現場までは自転車なら五分かそこらの距離なの。歩いてもたいしたことない。しかも、二子玉川は田園都市線沿線だしね。で、第三の事件の被害者・日野さんの店、つぶら、っていう名前の店なんだけど、高宮浩介はこの店に二、三度客として行ったことがあったのね。浩介の高校時代からの友人が用賀に住んでて、店の常連なのよ」

「それで、その店の客で、背が高くてひょろっと痩せているのは高宮だけやった」

「まあ、だけってこともないんでしょうけど、なにしろ浩介は素行がね。なんだかんだ言っても、警察は前科前歴のある人間から疑うわ。しかもこの三件目の犯行時の浩介のアリバイは、穴があるといえばある。浩介は新宿で友人と飲んでて、電車で帰る途中だったと言ってるんだけど」

歌義は、チョコレートのせいでもたっとした口を洗うために、デキャンタから麦茶をグラスに注いだ。ついでに真紀の分も注いでおいた。

「そんなんやと、アリバイとは言えませんね」

「裁判になったらどんなことしてでも目撃者探して浩介のアリバイ立証するつもりだけど、今の段階ではねえ、だいたい家に帰り着いた時刻だって曖昧なんだもの。ただ一緒に飲んでた友人の話では、十一時少し前にJRの新宿駅で別れたってことなんで、それが本当ならいちおうアリバイ成立してるわけだけど」

「少し前、の、少し、が問題やな」

「そうなのよね。新宿から用賀まではけっこうな距離だけど、タクシー飛ばしたらうまくいけば三十分かからない。環八に出るか、山手通りから二四六経由か、まあ道が空《す》いてればけっこう飛ばせるし。ＪＲ新宿駅で十時五十分に友人と別れたとして、犯行時刻が十一時二十分だったら推理小説的には犯行可能、ってことになるかも。でも現実には新宿駅でタクシー拾うだけだってけっこうかかるわけだし、そもそも犯行時刻は十一時を十分は過ぎていなかったはずだし」

「暖簾しまってすぐ帰ったんですよね」

「うん。少なくとも被害者はそう言ってる。ただ被害者はね、怪我《けが》はしてないんだけど、あんまりびっくりして気絶しちゃったらしくて、通行人が一一九番を呼んだ時刻は十一時二十六分」

「うわ、微妙や」

「そう、微妙。だから警察は、被害者が店を出た時刻を勘違いしていて、実際の犯行は十一時二十分過ぎだったと推定してるらしいわ」

「そのあたりは捜査力のある警察に太刀打ちできませんね。我々の力では高宮浩介が犯行時刻に現場に行くことは困難、という証拠は探せそうにない」

「そういうことよね。何しろわたしたちに、警察に認められてるみたいな捜査権はないし。もちろん引き受けた以上、裁判になって、それで有罪無罪が決まるとなれば新宿駅で目撃者探しくらいする覚悟はあるけど、人海戦術には人件費が膨大にかかるし。ということで、ね、歌さん、結局今のところ我々が的《まと》を絞るとしたら、第四の事件、ということになっちやうのよ」

「それが……白い彼岸花ですか」

「そう。第四の事件で高宮浩介のアリバイを立証するものが白い彼岸花なの。第二と第四、四つのうち二つで無実だと証明できれば、検察はたぶん、高宮浩介を不起訴にする」


真紀は、最後の資料を歌義の前に積んだ。

「第四の事件は、用賀の事件の二日後に起こった。用賀の事件から間があいてないことから、警察は、犯人がかなり金に困っていて、まとまった金を手に入れられるとあてにしていた用賀の事件であてがはずれたので、すぐに次の犯行に移った、と考えてるみたい」

「その用賀の被害者がやってた呑み屋って、そんなに儲かってたんですか」

「六十代の女性ひとりで切り回してるカウンターだけの店だもの、連日満員でもそんなに儲かりはしないわよ。おでんだのつまみだの、単価も低いし。それでも一日平均の売り上げは五、六万はいってたみたい」

「たったそれだけですか？　そんなんじゃあえて狙うまでも」

「それがね」

真紀は少し声を低めた。

「どうもねえ、その被害者の日野さん、違法な金貸しもやってたみたいなのよ。このあたりのことは、警察はまだ外に出してないんで情報が今いちあやふやなんだけど、まあ店の客に二万だ三万だ、って、少額のお金を用立ててたみたい。もちろん利息はがっぽりとってね。でも街金《まちきん》より気軽に借りられるし、担保いらないしで、顧客はけっこういたらしいのね。犯人はそのことを知っていて、日野さんが金貸しのための現金も売り上げと一緒に持ち歩いていると考えたんじゃないか、って。まあそっちの情報も、おいおいなんとか手に入れるつもりだけど、万が一高宮浩介が日野さんから借金してたなんて事実が出て来たらやぶ蛇だから、慎重にやらないとね。とにかく、二日後の事件はね、ちょっと離れたとこで起こったのよ」

「ちょっと離れたとこって、田園都市線沿線やないゆうことですか」

「うん。歌さん、そろそろ東京の交通網については頭に入ってきた？」

「いやそれが、あんまり複雑で。よく使う、銀座線と大江戸線と丸ノ内線はなんとか。それと日比谷線と有楽町線もいちおう把握しました。田園都市線はさっぱり。渋谷から神奈川まで行ってるってだけで」

「四つ目の事件が起こったのは、世田谷区奥沢ってところ。ほら、田園調布って金持ちの町は知ってるでしょ？　あのすぐ隣りね。駅で言うと、大井町線の、九品仏《くほんぶつ》がいちばん近いの」

「大井町線て、りんかい線とつながってるやつですか」

「よく知ってるじゃない」

「いきなり遠ざかりましたね、用賀から」

「それが、実はそうでもないのね。用賀の次、高宮浩介の家がある駅が二子玉川なんだけど、大井町線はその二子玉川から乗ることができるの。高宮浩介には不利な事実よね。つまり浩介の家からだと、田園都市線も大井町線も乗る手間はいっしょ。田園都市線で駒沢大学まで移動するのと、大井町線で九品仏まで移動するのにかかる時間はほとんど一緒ってこと。事件発生時刻は午後八時半頃、奥沢の住宅街で帰宅途中の澤野加代《さわのかよ》、七十歳が背後から紐を首にかけて引き倒され、持っていたバッグを奪われた」

「第一の事件と手口が一緒や！」

「そう。澤野加代は日本舞踊のお師匠さんでね、奥沢なんていい場所に住んでるだけあって、けっこうな資産家らしい。夫に先立たれて子供たちも独立して、一人暮らし。その日もお稽古をつけに出かけて帰るところだった。バッグの中の財布には四万八千円くらい入っていたみたいね。他にカード類も被害にあったけど、それらのカードが使われた形跡はなし」

「首に紐をかけて引っ張るて、すごく乱暴みたいに思えるんですが、それで怪我はなかったんですか」

「倒れた時に打撲くらいはしたでしょうけど、他には特に。でも後ろから首絞められるようなもんだから、声もあげられないでしょうね。お年寄りを倒す方法としては、殴りかかるより確実かもしれない。不意をつかれれば手に持っていたバッグも取り落とすでしょうし。第一の事件もそうだったけど、被害者自身は背後から来た犯人をしっかり目撃できない、というのもあるわね」

「なのに、第二の事件は紐を使ってないんですね。しかも前から襲ってる……」

「ちょっと歌さん、推理小説の謎解きしてるんじゃないんだから、そういうとこにこだわるのは、今わたしがとってる作戦が失敗してからにしてちょうだい。四つの事件が同一犯ではないと意味もなく証明するのは危険なのよ。わからない？　検察が四つの事件をばらばらにする腹をくくっちゃったら、アリバイが確定できない第一と第三の事件で起訴されちゃうかもしれないんだから。今は、警察の同一犯説にのっかって、それを逆手にとって攻めないと」

真紀はもう一度、白い彼岸花がプリントアウトされた紙をいちばん上に置いた。

「第四の事件の発生時刻、高宮浩介は、酔っぱらって神楽坂《かぐらざか》近辺を歩いていた、と言ってるの」

「酔っぱらって、って、夜の八時半にですか？」

「そう、八時半に、すでに酩酊《めいてい》して自分がどこを歩いているのかもわからない状態だったんですって」

真紀は、ふん、と鼻を鳴らした。

「拘置所の本人に接見して確認して来たんだけど、その日は夕方の五時から飲み始めて、八時前に店を出た時には完全にでき上がってた、って言ってた」

「八時前に神楽坂の店を出たんだったら、その店の証言でアリバイ成立じゃないですか。神楽坂から世田谷の奥沢とかいうとこまで、三、四十分で行かれへんでしょう」

「飲んでた店は神楽坂じゃなくて渋谷。渋谷のその店にはすでに確認とったけど、当日のレジスター記録から、高宮浩介らしい一人客がかなり酔っぱらって店を出たのは、七時四十二分と判ってる。その店はバルスタイルの立ち飲みバーで、一人客が多いんで、もしかしたら他の客と誤認してる可能性はあるんだけど、警察もその店の証言は受け入れてるみたいだから、時刻はそれを前提にするしかないわ。事件発生まで約五十分。渋谷から九品仏までなら充分、移動できるのよ。もちろん、渋谷から神楽坂までも移動できるんだけどね」

「なんでそんな、渋谷から神楽坂なんか行ったんですかね」

「知り合いに呼ばれてたみたいね。確かに、浩介が以前所属していた芸能事務所の社員が、事務所を辞めて神楽坂で小さなスナックやってるの。そこに行こうとしたと浩介は言ってるけど、行った事実はない」

「つまり、酔っぱらってたんで神楽坂までは行ったけど、スナックに行くのは忘れて迷子になっていた、と」

歌義は、白い彼岸花の紙の上に、思わずこつんと拳を落とした。

「そんなん、ぜったい通用せんですよ。俺が検察官ならそんな言い訳した途端に、こいつはやっぱ真犯人やな、と思うわ」

「そうでしょうね。わたしもそう思う」

真紀は言って、腕組みした。

「だから探さないとならないのよ。この白い彼岸花が、六月の終わりに神楽坂周辺で咲いていた場所を。九月の半ばを過ぎないと咲かないはずのこの花が、都会の真ん中で三ヶ月も早く咲いていた、その奇跡を」

3

神楽坂周辺のどこかに咲いていた、白い彼岸花。

四面楚歌の不良青年の無実を証明できるものは、それだけけらしい。しかもその白い彼岸花は、本来彼岸花が咲く九月より三ヶ月近くも早い六月に咲いていたというのだ。

やれやれ、と、歌義は何度めかの溜め息をつきつつ、路地の細い道に入った。

上司である清州真紀のアドバイスで、歌義は神楽坂周辺の住宅街で、家の外に出してある鉢植えや植木、通りから覗ける庭の草花などに的《まと》を絞っていた。そうした鉢植えなどを大事にしている人ならば、当然、植物にはそれなりに興味があるだろう。そして季節はずれに咲いている白い彼岸花は、そうした花心のある人たちにとってはちょっとしたニュースになったはずだ。

もし神楽坂あたりで、六月の終わりに白い彼岸花が咲いていたとしたら、必ずそれを見かけた誰かの口から伝わって、花好きな地元住民の噂になっていたに違いない。

連続老女路上強盗事件の容疑者として逮捕された高宮浩介は、四つ目の事件についてアリバイを主張した。事件発生当時、自分は事件現場の奥沢から遠く離れた神楽坂付近で、泥酔してふらふらと歩いていた、というのである。泥酔してふらついていたのではアリバイになどならないのだが、浩介は、どこだかわからないけれど、白い花の咲いているところで女性と会話した、と言ったのだ。中年の着物を着た女性で、その女性が浩介を心配して、タクシーを呼んであげようかと声をかけてくれたらしい。

その女性の足下に、白くて不思議な形をした花が咲いていた、と浩介は言った。その

「不思議な形」というのが彼岸花のことだと判ったのは、真紀の手柄だった。真紀は高校三年の時、美大に進むか法科に進むか迷った、というくらい、絵心があった。イラストレーターになるか弁護士になるか、ぎりぎりまで決められなくて、国立大学の受験勉強の最中も、美大受験用の専門塾に並行して通っていたらしい。

そんな真紀が浩介の面会をした際に、どんな花だったのか憶えている限りの特徴を聴き出し、イラストを描いてそれを浩介に見せ、修整し、と繰り返して、遂に、花が彼岸花であったことを突き止めたのだ。

だが浩介の話というのは、現実にあったことなのだろうか。浩介はその時泥酔していたのではないのか。酔った頭で、白い花だとか着物の女性だとかの幻影を見ただけではないか。

「幻影とか幻覚にしてはディテールが妙に鮮明で具体的なのよね」

真紀は歌義が挟んだ疑問に答えて言った。

「彼岸花って、言葉で説明しようと思うとけっこう大変じゃない？　形が複雑で、なんとなくイメージは摑めるけど細かいところがどうなっていたのかすぐには思い出せない。それが高宮には、かなりくっきりとした記憶があってね、花の名前は知らないのに、びっくりするくらい正確だったのよ。あとで描いたイラストと彼岸花の写真を見比べて驚いたわ。

花のことだけじゃない、中年の着物を着た女性についてもね、すごく具体的なの。着物の柄とかちゃんと憶えてたし、髪形も細かく説明してくれた。高宮くらい若い男が和装に詳しいって珍しいでしょ、実際、浩介が和装に詳しかったってことはないみたいだし。つまり自分の目でちゃんと見ていて、それをそのまま説明しているだけ、と考えて矛盾がないのよ」

「友人との約束も忘れて酔い潰れる寸前だった男が、そんなにはっきりと見たものを記憶しているって方が不自然やないですか？」

「そうなんだけど、そういうことってあるもんじゃない？　逆に言うと高宮が憶えていたのは細かいところばっかりで、たとえばその女性の身長がどのくらいだったか、なんてことになるとすごく曖昧なのよ。その記憶の偏《かたよ》りがわたしにはリアルなの。たぶん高宮は、酔って地面に寝ころんでいたとか塀によりかかって座りこんでいたとか、いずれにしても普通に立ってたんだったらその女性が心配して声をかけてくるはずない。となると、女性の身長をはっきり憶えている方がおかしいわけよね。自分がいつもと違う高さの目線で見ていたわけだから」

「でもいくら若い子だとはいえ、酔っ払いの男に声かけるなんて、その女性は随分勇気がありますね。酔った人間の非論理性を考えると、下手《へた》に声をかけたら逆ギレされてからまれるかもしれないのに」

「東京にだって、親切な女はちゃんといるもんよ」

真紀は笑って言った。

「まあおそらく、高宮が思ったよりもその女性は歳が上なのね。高宮くらい若い子が中年の女、と表現するのって、三十代後半くらいから五十くらいまででしょ。でも実際にはその女性はもっと年上だったんじゃないかしら。つまり、高宮の祖母くらいの年齢、六十代ぐらい。梅雨時の蒸し暑い時季にきちんと着物を着ているような女性なら、顔立ちがよくて若く見える可能性は高いと思う。神楽坂はその昔は花街でしょ、今でも料亭があって芸者さんたちもいるし、そういう人たちは現役を退いても綺麗にしてるんじゃないかな。だからその女性からすると、酔っぱらって地面に寝ていた高宮は自分の孫くらいに見えて、怖いとかからまれたらイヤだっていう気持ちよりも、孫を心配するような感覚で思わず声をかけてしまった、とか」

「それにしても、シチュエーションが今いちよくわかんないですね。女性の足下に白い彼岸花、っていう」

「そうなのよね。まあ考えられるのは、そこがその女性の家の庭だった、とかね」

「庭？　つまり高宮浩介は他人の庭に入り込んでいた可能性があるゆうことですか」

「ないとは言えないでしょ？　なにしろ酔っ払いよ、たとえばちょっと木戸を開けたら中に入れるような庭だったら、意識せずにふらふらと迷い込んでそこで寝ちゃった、なんてこともあり得るわよ。逆に、だからこそその女性は声をかけた、って想像も成り立つ。自分の家の庭に知らない男が入り込んで寝てる。よく見たらまだ子供みたいな顔した酔っ払い。あら大変だ、急性アルコール中毒か何かでこのまま死んじゃったら困るわ、と声をかけた」

「まあ、それならわかりますね。でも結局高宮は、女性に、大丈夫だからと言ってその場を離れたんですよね」

「本人の記憶によればそう。そしてそのまま、友人の店を探してまた神楽坂通りの方に戻った、って。ただ、その友人の店には結局現れなくて、高宮自身そのあと何をしていたのかはっきり憶えてはいないんだけど、いずれにしても目が覚めたら自分の部屋のベッドにいたらしいから、電車に乗ってうちに帰った、ってことでしょうね」

「白い彼岸花と和服の女性以外に、何か高宮のアリバイを証明できそうなものはないんですかね。たとえばマクドナルドあたりで寝ていた、なんてのだったら、店員が憶えててくれるかもしれないですよ」

「どうしてもその女性が見つからなければ、神楽坂の飲食店を虱潰《しらみつぶ》しにあたってみることも考えてはいるわ。でもまずは、いちばんはっきりしているところから攻めないとね」

と言われて、自分は攻めているわけだ、と歌義はまた溜め息をついた。

住宅地図と緑色のラインマーカーを片手に、神楽坂周辺を歩き回ること今日で三日目。

神楽坂は、その名の通り坂道が一本、ＪＲの飯田橋駅から北に向かって延びていて、その両側は飲食店や商店がぎっしりと埋めている繁華街だった。東京に出て来て日が浅い歌義は、その通りの一軒にもまだ入ったことがない。さらにその坂の途中にあるいくつもの左右に延びる横道にも飲食店が詰まっていて、飲食店を通り過ぎて迷路のような小道を入ると不意に立派な構えの料亭に出くわしたりもする。今でも芸者を呼べる料亭があり、昔からの花街だった面影が色濃く残っている。が、その一方で、料亭の塀の奥には木造二階建ての風呂さえないようなアパートが建っていたり、ごくごく普通の住宅が並んでいたりと、庶民的な生活の息吹もしっかり感じられる町なのが面白いと、歌義は思った。

もうひとつ面白いのは、アジア系ではない外国人の姿がけっこう目立つことだった。いや、それ自体はもう東京では特に珍しいことでもないのだが、その外国人たちが交わしている言葉が、英語ではなくフランス語であることが多いのだ。近くに日仏学院があって、東京で暮らすフランス人が自然と集まるようになったらしいのだが、そう言われてみれば神楽坂の雰囲気はパリのリヴゴーシュに似てるかも、と真紀は言った。

「なんとなく雑多で物価も安い感じなんだけど、でも知的な雰囲気がどことなくある、そんな感じなのよね」

パリに行ったことがない歌義には真紀のたとえが今ひとつよくわからなかったが、確かに神楽坂とその周辺は、東京の中でも独特の雰囲気を持つ街だ、と思う。雰囲気は下町のようなのだが、どこかにそこはかとなく高級感というか、地価が高いということが伝わってくるような空気もある。

地図の上で緑に塗られた家は、確認の済んだ家。真紀の提案に従って、歌義は、まず庭を持つ家、そして玄関や塀沿いに植木鉢を並べている家を拾って歩いた。さらには飲食店やその他の商店で、問題の日時に営業していたと思われるところすべて。飲食店ならば人の出入りが多いだろうから、通りで酔っぱらった高宮浩介が女性と話しているところを目撃した、という客がいたかもしれない。そうした客が店員にそのことを話していれば、また聞きでもいくばくかのアリバイ固めにはなる。運良く目撃した客そのものから証言が引き出せれば、白い彼岸花の着物女性が見つからなくても高宮浩介のアリバイは成立する。

歌義がひそかに期待を抱いていた、黒い塀がぐるっと囲んでいる料亭らしい建物の木戸は、閉まっていて、定休日、の札が無情だった。料亭になら中庭みたいなものもあるだろう、そこにもし、白い彼岸花が咲いていたら、と望みを抱いたのだが。酔っぱらった高宮が、ふらふらと料亭の中に迷い込む。それを見とがめた仲居さんがやって来て浩介と話をした、という筋書きだ。料亭の仲居ならば着物を着ていて当たり前だし、自分が働いている店の敷地内ならば、酔っぱらった男に自分から声をかけるのもさほど怖いとは思わなかっただろう。しかも、迷って入り込んだただの酔っ払いなのか、客の一人なのかがすぐに判断できなければ、丁寧な口調で親切に話しかけたというのも納得できる。お客様、お車をお呼びいたしましょうか、くらいは言って当たり前だ。

なんとか、塀の内側をちょっと覗けないかな。

歌義は、未練がましく黒い塀の前を行ったり来たりした。そうしているうちに、塀の一部が割れて穴があいているのに気づいた。あたりを見回したが、神楽坂の表通りから路地を入って、角を曲がった奥まったところだったので、人の気配はない。

割れた塀板に顔を近づけ、覗き込んだ。思った通り、塀の内側には坪庭のようなスペースがあった。子供用プール三つ分ほどの広さの小さな池が造られ、青木や南天などの庭木がその池の周囲に植えられている。鹿威《ししおど》しが牧歌的に、かっこん、かっこんと動いていて、水は池に注いでいる。

庭の奥には廊下と障子が見えた。食事をしながら、夏の夜には夜風を入れて庭を眺めることもできる造りだ。

自分にはたぶん生涯縁のない場所。一万円札が何枚も必要な食事をしながら、芸者の優雅な踊りでも眺める接待の席。

探しているものは白い彼岸花だったが、塀板の割れ目から見える範囲にそんなものは咲いていなかった。その庭に咲いているのは、サルスベリの濃いピンク色の花だけだ。

「あの」

背後からいきなり声をかけられて、歌義はびっくりしてとびあがった。

「あ、あ、すみません、決してその、怪しい者では」

歌義はあたふたと名刺を取り出していた。

「こんな、の、覗きみたいなことしてすみません、定休日とあったんですけど、中にどなたかいらっしゃらないかと。その、仕事でどうしてもお話を伺いたくって」

しどろもどろで名刺を差し出した相手が、クスリ、と笑った。

若い女性だった。長い髪を後ろでひとつにまとめた、地味な雰囲気の女だ。薄い水色のサマードレスにレースのボレロ、という服装は、女性の服装にはきわめて鈍感な歌義にさえ、レトロに感じられた。化粧もほとんどしていない。わずかに唇に赤味があるだけだ。白いサンダルからのぞいている足の指にも色はなかった。ペディキュアをしていない素足を見るのは、東京では珍しいことのように思う。

「店は定休日ですけど、裏にまわっていただければ誰かいると思いますわ。いろいろと仕込みもあるので、調理人も交代で出ていますから」

「あ、あの」

「『すざく』にご用なのでしょう？」

その料亭の名前は、確かに、すざく、だった。

「はい、はい。でもその、調理人の方とかではなくて、できれば仲居さんのお話が伺えればと」

「仲居はみな休みをとっていると思います。女将《おかみ》でしたらたぶん、中にいますけれど。女将とお会いになります？」

「あ、はい、お願いできるのでしたら……えっとあの」

「わたし、すざくの女将の娘です」

女性は小首を傾げるようにしてまた笑顔になった。

「渡辺《わたなべ》美也子《みやこ》といいます。こちらからいらしてください、勝手口から入りましょう」

歌義は恐縮しながら美也子のあとについて路地を歩いた。黒い塀が四角く囲んでいる料亭の敷地の奥に、茶色の木造の建物があった。その建物を囲んでいるブロック塀の途中に、黒く塗られた木の扉がとりつけてある。表札のような板に、すざく、と書かれたものが扉の上の方に貼り付けてあった。

「建物が違うんですね。この周りを歩いたんですが、気づきませんでした」

「敷地が庭続きなんですよ。こっちの建物がわたしの家です。すざくの勝手口は、昔は料亭の黒塀にあけてあったらしいですけれど、私道に土地を供出した時にこっちに移したそうです。このあたりの路地は私道が多いんですよ。消防法的にはいろいろと問題があるみたい……確かに、こんな路地まで消防車は入れませんものね。さあどうぞ、中へ。女将は料亭の方にいるはずですからご案内します」

勝手口をくぐると、なるほど、そこは裏庭のような場所だった。右手には表から見えた木造の建物があり、左手には料亭の建物があり、松の木と、その向こうに、さっき塀からのぞいて見えたサルスベリの濃いピンク色がちらりと見えている。調理場に通じる戸口が見え、半分開けたままのその戸口からは、醬油の匂いが漏れていた。

「定休日でも調理場ではいろいろと仕事があるんです。料理人って、本当に大変な仕事だと思います。わたしは料亭なんか継ぐのが嫌で、好きなことを仕事に選んでしまったので、なおさら、すざくの人たちには頭が上がらないんですよ」

美也子は言いながら、調理場に通じる戸をさらに開けた。

戸の内側には、広い三和土《たたき》があって、大きな下駄箱に、ぽつりぽつりと靴が入っている。休日出勤している従業員の靴だろう。目の前にはよく磨かれた廊下が延び、右手はもう調理場の続きなのか、食材の箱が積まれていた。

「スリッパがありますから使ってください。ごめんなさいね、お客様なのにこんなところからご案内して」

「とんでもない、定休日にお邪魔してしまってこちらこそすみません」

歌義は、美也子が出してくれたスリッパに足を入れた。

美也子が歌義の脱いだ靴を、下駄箱の空いているところに入れてくれた。

「美也子ですけど、女将のところにお客様お連れしますね」

美也子は、調理場の奥に向かって少し大きな声で告げた。すぐに若い調理人か見習いの男が現れた。

「浩三《こうぞう》くん、女将は今日、こっちにいます？」

「はい、来てらっしゃいます。あの、お茶おもちしますか」

「ありがとう、でもわたしがしますから。ごめんなさい、仕事中に。声をかけておかないとまた女将に叱《しか》られるので」

若い料理人は笑顔でひっこんだ。

「おまえは、すざくの人間じゃないんだから、黙って出入りするようなことはしないように、って女将に怒られるんです。子供の頃からここの調理場で料理人さん達に遊んで貰っていたんで、ついつい、自分の家みたいに出入りしてしまうんですよね」

美也子は肩をすくめて笑い、歌義を廊下の奥へと案内した。

長い廊下を歩き、途中で一度九十度曲がって障子が並ぶ廊下を過ぎ、目立たない小さな階段をのぼったところにあるドアをノックすると、はい、どなた、と返事が聞こえた。

「美也子です。女将にお話があるというお客様をお連れしました。弁護士さんです」

ドアを開けると、中は予想に反して洋風の居間のような空間だった。白いソファがL字に配置され、ガラストップのテーブルが置かれている。そのソファに浅く腰掛けて、ジーンズにトレーナー、という意表をついた服装の婦人がノート型のパソコンを膝の上にのせていた。

少し驚いたような顔で歌義を見た女性は、とても若々しく、美也子の母親にはまったく見えない。せいぜい美也子の姉、といった風情だった。

「あらまあ」

女性は立ち上がり、パソコンをテーブルの上に置いて歌義の方に数歩移動した。

「……弁護士さん？　あの、どういったご関係の」

歌義は名刺を渡した。

「すみません、定休日にこんなふうに押し掛けてしまいまして。本来でしたら、玄関先でちょっとお話を伺えばそれで済むことだったんですが」

歌義は、女性にすすめられるままソファに腰掛けた。女性は渡辺公恵《きみえ》と名乗った。歌義は、個人名は伏せて高宮浩介の事件のあらましを話し、白い彼岸花と和装の女性を探していると告げた。

いつのまにか姿を消していた美也子が、盆の上に紅茶のカップを三つ載せて戻って来た。調理場まで往復したにしては時間が短い。調理場とは別に、女将が個人的に使えるキッチンがどこかにあるのだろう。

「お話を伺った限りでは」

公恵女将は、和装の時は結い上げているのだろう長い髪を指でかき上げて言った。娘の美也子よりも色っぽい、と歌義は思った。

「お役に立てるような情報をわたしどもの店の誰かが持っているという可能性は低いかと思うんですけれど」

公恵の言い回しは、歌義の予想したものより慎重でまわりくどかった。刑事事件にかかわることなので迂闊《うかつ》なことは言えない、と、警戒しているのが伝わって来る。頭の回転の速い女性らしい。

「その日は営業はしておりましたが、そんなに酔ったお客様がいらしたら、うちの仲居でしたら必ずわたしに報告しています。お酒はあなどると怖いですからねえ、急性アルコール中毒で命を落とす場合もありますし、足下がおぼつかない状態ではどんな怪我をされるかわかりませんし。仲居からも他の従業員からもそうした報告は受けておりませんから、うちのお客様の中にいなかったことは間違いないと思いますし、通りから何かの間違いでうちの敷地に入り込んでしまわれた方だったとしても、言葉を交わした仲居がわたしに何も言わない、ということは考えられないんです。酔って間違えただけでも、無断で店の敷地に入れば、警察を呼ばないとならない事態かもしれませんし、その方が敷地の外に出るまで見届けませんと、どんなことをされるかわかりませんものね。身内を褒めるようでなんなんですが、うちの仲居にはそうしたことの躾《しつけ》だけは、きちんとしているつもりでおりますし、みんなそれなりに頭のつかえる子なんですよ。酔った男性が庭に入り込んでいた、というようなことを報告し忘れるとは思えません」

「白い彼岸花については、いかがでしょうか。この近所に、そうした花が咲いていたというような噂だけでも耳にされてはいませんか」

「彼岸花は」

公恵は、なぜかゆっくりと言葉を継いだ。

「秋のお彼岸の頃に咲く花でございましょう?」

「ええ、そうなんです。ですが、問題の男性は、自分が見たのは彼岸花に間違いないと」

「酔っていらしたのでしょう?」

「でも記憶は妙に正確だったんです。花の細部の形まできちんと説明しています」

「幻がとても写実的であることもあるでしょう」

公恵は、紅茶のカップに唇をつけたまま歌義を見た。

「一つだけ、思いついたことがございます。ですが、その方がご覧になったものが彼岸花である、という点が正しければ、わたしの思いつきは意味を持ちません」

「意味があるかないか、それはさておくとして教えていただけませんか、あなたの思いつきを」

歌義は、思わず身を乗り出した。

「先ほど説明しましたように、神楽坂にいたことが証明されれば、その男性にかけられている疑いが晴れるんです。男性の人生にとって、とても重要なことなんです」

公恵は、ゆっくりと頷いた。

「では、こちらからどうぞ」

公恵が窓の方を手で指し示した。

歌義は公恵と美也子と共に立って、窓際に移動した。

「このあたりで、夏に咲く白い花、といえば、あれしか思い浮かびません」

レースのカーテンがのけられ、ガラス越しに外の風景が見えた。密集した建物の間にある料亭なのに、さほど広くはないが庭があるおかげで、二階からでも少し景色を眺める空間がある。濃いピンク色のサルスベリの花で、その窓と料亭の玄関との位置関係がわかった。

サルスベリを越え、細い路地を越えたところにブロック塀があり、その内側が半分ほど見えている。そこにも小さな庭があった。が、そこはごく普通の民家のようだ。

その小さな小さな都会の庭が、白い花で埋まっていた。

「あれは……百合ですか」

「ええ。あそこのお宅では、毎年、六月から九月くらいまでお庭に白い百合をたくさん咲かせているんですよ。外からでは塀で遮られて見えないと思いますが。路地を隔てたお隣りということで、時おり、庭の百合を切ってくださるんです。百合はあまり長く花をつけていると他の蕾《つぼみ》が開かないことがあるそうで、適当に切った方がよいとか」

「百合ですか……でも……似ていないことはないけれど……」

「百合を見て、彼岸花を正確に描写する、ということはあり得ませんわよね……百合の方が単純な花姿ですもの。逆ならばあるかもしれないけれど」

「いや、でも……見事なものですね。庭が百合でいっぱいや……」

「あそこのお宅には、美也子とおない歳の女のお子さんがいらしたんです。美也子の小学校の同級生でした」

「亡くなったんです」

美也子が、細い声で言った。

「交通事故で。夏の始まりの頃でした。夏休みに入る少し前。恭子《きょうこ》ちゃん、という子で。島村《しまむら》恭子ちゃん。恭子ちゃんが、百合の絵を描いていたんです。亡くなるほんの数日前、学校の写生会で新宿御苑に行って、そこで咲いていた百合を写生していました。お葬式の時、その絵が飾ってありました……遺影のそばに」

「その年に、庭に白い百合の球根を植えられたんだと思います。いつの間にかあんなに増えて……百合の種類も増やされたんでしょうね、六月から九月まで、いろいろな百合が咲いています。でもすべて、白い花ばかり。白い花、と聞いて思い浮かんだのは、あの百合のことだけです。彼岸花ではなくて申し訳ありませんけれど」

「いえ……もしかすると……当たり、かもしれない。なぜ百合を見て彼岸花の記憶を頭に残したのかはわかりませんが、でも……今から行ってみます。島村さんのお宅は、平日のこんな時間にご在宅でしょうか」

「奥様はいらっしゃると思いますよ。ご自宅で書道を教えていらっしゃいますから」

「書道？　では、普段から着物を」

「ええ、島村さんの奥様はいつも着物です。わたしは仕事では着物ですが、普段はこんなふうですのにね。でも神楽坂には、普段から着物で過ごす女がまだ大勢住んでいるんです。そういう不思議なところなんですよ。……どこか、この一帯だけ時間が停まっているような、そんな街なんです」

公恵が親切に隣家に電話してくれたので、歌義が門の前に着いた時にはもう、地味だが質の良さそうな着物を着た婦人が外で待っていてくれた。歌義は恐縮しながら島村家のリビングに通された。

4

よくある庭付き一戸建てのリビングで、掃き出し窓が庭に面して大きくとってある。白いレースのカーテンが半分ほどひかれていたが、残り半分から庭がよく見えた。なるほど、周囲に板塀がまわしてあるため、外の道からはこの庭を覗くことができないが、白い百合ばかりがところ狭しと咲いている。花の種類には詳しくない歌義も、鉄砲百合とカサブランカは見当がついた。が、他にも様々な形と大きさの百合が競うように咲いている。どの花も白か、白に近い淡い桃色で、ふと、こんな季節なのに雪国の風景を思い浮かべてしまう。

「公恵さんがお話しされたと思いますけど」

島村さわこ、と名乗った婦人は、冷茶を歌義の前に置いた。さわこは、佐和子、だろうか。表札にそんな文字が並んでいたな、と思う。

「白い百合ばかりなんて、気持ち悪いでしょう」

「いや、そんなことはないです。とても綺麗です。でもなんだか……わたしは今、雪国を連想してしまいました」

佐和子は、にこりとした。

「白にこだわるつもりはなかったんです。ただ……最初に植えたのが白い百合で、百合は球根で増えるので、翌年はそれが増えて。それからなんとなく、百合の株が花屋で売られているとつい買ってしまうようになりました。それも、自分では選んでいるつもりはないのに、買って帰って気づくと白ばかり。そのうちになんと申し上げたらいいのかしら、開き直り、とでも言えばよろしいかしら、こういう庭があってもいいじゃないの、と思うようになりました。どのみち他人に自慢する為に育てている花ではありませんから。ただ百合は香りが強いので、お客様がいらしている時は窓は閉めるようにしています」

「そんなに強い香りなんですか、百合って。すみません、わたしは花には不調法でして」

「病人のお見舞いに持って行くのに百合はいけない、と言われていますでしょう。香りが強すぎると、からだが弱っている方には苦痛になるからなんですよ。でも……わたしども夫婦は、もうすっかり慣れてしまって。この季節でも、夕方になるとこのサッシを開け放して、風にのって来る香りを楽しんでおります」

「百合は長く咲くものなんですか」

「早咲きの種類でしたら六月には咲きます。そして夏の日差しが残っている間は何がしかの百合が咲いております。この庭には百合とは少し種類が違うのですが、ネリネの仲間も少し植えてあるんです。花は百合に似ておりまして、咲く時季が少し遅くて。冬咲きのネリネもありますから、十二月頃まで何がしか咲いておりますわね。公恵さんのお電話で、彼岸花、とおっしゃってましたけれど」

「……はい。でも問題の青年の絵から彼岸花ではないかと推察しただけで、百合だったのかもしれません」

「彼岸花もございます……白い。でも、さすがに九月にならないと咲きませんね」

「青年のことは憶えていらっしゃいますか」

「ええ」

佐和子ははっきりと頷いた。歌義は、その途端、万歳と叫びたい気持ちになった。

「ただ、いつのことだったのかはっきりしろと言われましたら……たぶん調べたらわかると思います。わたくし、簡単な日記をつけておりますので、庭の塀をよじ登ろうとしたあの青年のことは、確か日記に書いたかと思いますので」

「塀を、よじ登ろうと?」

「はい」

佐和子はほがらかに笑った。

「化粧水を切らしていたのをすっかり忘れておりましてね、夕食のあとで買いに出ましたの。神楽坂には遅くまで開いているドラッグストアがありますので。それで戻って参りました時に、うちの塀にしがみついている人を見つけまして。ものすごく驚いて、思わず、何をしていらっしゃるんですか、と叫んでしまいました。すると、その人が塀から落ちて、どしん、と尻餅をつかれまして。そのまま仰向けにひっくり返ってしまわれたので、わたくしの方がびっくりしてしまいました。お怪我でもされていたらと駆け寄ってみたら……とてもその、お酒臭くて」

佐和子は笑顔のまま、鼻の前を仰ぐ仕草をした。

「よく見ればまだとても若い男性で、顔も真っ赤で。酔っぱらいだとわかればそれほど怖くも感じませんでしたので、介抱してさしあげました。とりあえず道に転がったままではと、なんとか庭まで肩をかして歩いていただいたんですけどね、庭に入るなりまたしゃがみこんでしまわれて。たまたま主人は仕事で遅くなっておりましたので、わたくししかおりませんでしょう、若くて細身の男性とはいっても、背丈がある方でしたからわたくしひとりで担ぐには重すぎました。それで、まずお水をコップに持って参りましたの。そうしたら、あの人は……わたくしが家に入っている間に百合の花壇の方ににじり寄って、ぼんやりと目を開けて百合を眺めていたんです。リビングのあかりが照らすだけの庭ですから、白い花もみんなぼんやりと見えていたでしょうね。それで彼岸花と勘違いされたのかしら」

「それでは、はっきりと花を記憶しているというのはおかしいわけですか」

「さあそれはわかりません。酔ってはいても何かをはっきりと記憶することはできるでしょうし。ただ、わたくしが差し出したコップの水を飲んで、その人がこう言いましたの」

佐和子は、瞼《まぶた》を閉じた。

「道を歩いてたら、おかあさんの匂いがしたんだ、って」


「おかあさんの、匂い」

「ええ。……おそらく百合の花の香りでしょう。その香りのもとに行こうと、酔って塀をよじのぼった。どんな生い立ちの青年なのかは存じ上げませんけれど、たぶん、百合の香りの香水か香り袋でも愛用していらしたのではないかしら。悪い子ではないのだろうなと、そう思いました。なんだか楽しそうな表情で百合を眺めているので、それでは少し酔いがさめるまでそうしていらっしゃい、と言いましたの。あとでコーヒーでもいれましょう、と。わたくしは夕飯の後片づけがまだでしたから、キッチンに戻ってお皿を洗っていたんです。何か果物でもむいて、コーヒーと出してあげようかしら、なんて考えながら。でも、それから十分も経たないうちだったと思いますわ、木戸が開く音がしたので庭を見ると、青年はおりませんでした」

佐和子は、ゆっくりと目を開けた。まるで短い夢でも見ていたかのような顔つきだった。

「わたくしにとってあの百合は、失った子の思い出へと繋がっています。そしてあの青年にとって百合の香りは、母の思い出へと繋がっていたのでしょうね。そう思ったら、とても不思議な体験だったな、と。公恵さんからうかがったように、この庭にその青年がいたことが証明できれば青年が助かるのだとしたら、彼が百合の香りにつられてこの庭を訪れたことは……ただの偶然ではないようにさえ、思えますわね」

佐和子は立ち上がり、ふ、とまた笑みを漏らした。

「少しお待ちいただけますか。日記をとって参ります。その日付があれば、彼がここにいたことが証明できますでしょう」

5

「まあとにかく、歌さんのお手柄だったわけだから」

真紀は言って、ポン、と軽く音をたてて飛んだシャンパンのコルクを器用に受け止めた。

「証拠不充分での不起訴処分だから、まだ油断はできないけど、とりあえず今回の依頼については我々が勝利したと考えていいわね。奥沢の事件での無実証明は大きいわ」

「案件を切り離して、用賀の事件だけでの再逮捕はありますかね」

「わからない」

真紀は、歌義がグラスに注いだシャンパンを一気に飲み干した。

「用賀の事件は状況的に不利だし。でも四つの事件で二つがアリバイ確定して、もう一つもほぼシロと出たわけだから、用賀の事件ではよほど確かな証拠が見つからない限り、迂闊に再逮捕は出来ないでしょう。それにしても、彼岸花だと思っていたのに百合だったなんて。彼岸花みたいに複雑な花の形を、どうして頭にすりこんじゃってたのかしらね、高宮は」

「その点はまるでわかりません。ただ、高宮浩介がひきつけられたのは、百合の花の香りでした。形ではなく」

「おかあさんの、匂い」

真紀が腕組みしたまま天井を向いた。「……おかあさん、ねえ。……高宮には二人の母親がいるのよね。そのどちらかが、百合の香りの香水を好んでいた、ってことかしら。でもだったら、彼岸花の花の形を酔った記憶にすりこんでしまったのはなぜ？」

真紀は軽く頭を振った。

「まるで謎。なんだか不思議な事件だったわね……どうして百合を見て彼岸花だなんて思ったのか……彼岸花、という花の名前も知らなかったのに、正確に彼岸花の花姿をわたしに言えたのか……」

真紀の言う通り、釈然としない思いは残っていた。が、仕事としては高宮浩介の不起訴で一段落したことは間違いない。警察がそれでも浩介をクロと考えて用賀事件だけでも立件しようとする可能性は高かったが、一度不起訴になっているだけに、よほど確かな物証でも出ない限り、逮捕には慎重になるだろう。

シャンパンをグラスに一杯だけで、祝宴は終わった。仕事は山積みだし、一つの勝利にいつまでも酔っている暇はなかった。

歌義は、自分の机に戻って別の案件に取りかかった。

その日の夕方、渡辺美也子から電話が入った。

正直、歌義は少し嬉しかった。母親の艶《あで》やかさに比して美也子の地味なたたずまいは、なぜか歌義の心を惹きつけた。が、海の向こうにいるまり恵のことを考えて、歌義は自分の浮かれた気持ちをひきしめた。食事でも、と言い出しそうになるのをこらえて、歌義は先日の礼を言い、男性が不起訴になったと報告した。

「本当ですか？　……それはよかったです」

美也子の声が少しだけ弾んだ。

「百合の庭のことが見当違いでなくて」

「本当に助かりました。お母様にもよろしくお伝えください。またあらためてお礼には伺わせていただくつもりですが」

「お礼だなんてそんな。母、いえ、女将も大袈裟なことは嫌いなたちですから、どうかお気遣いなく。でもあれからとても気になってしまって……彼岸花のことが。あの……お名前を教えてくださいとは言いません、ただあの……テレビや週刊誌で報道されているので……あの時、島村さんの百合の庭に入り込んでしまった方って、柳沢しほりさんの息子さん、でしょうか。あ、答えていただかなくても構いません。すみません、柳沢しほりさんの息子さんだと仮定してこれからお話ししたいことがあるんです。ですのでもし、その前提が間違っているのでしたら、お話ししたことはみんな忘れていただければ」

「……わかりました」

歌義はそれだけ答えた。もちろん、連日の派手な報道で、高宮浩介のことだと渡辺母娘にわからないはずはなかった。

「柳沢しほりさんが、お子さんのいらっしゃる方と結婚される少し前に出演された映画に、乳飲み子を抱いたしほりさん演ずる若い人妻が、戦場におもむく夫と別れる場面があるんです。母、あの、女将がその映画を観ていて、憶えていました。その別れの場面で、若妻の足下に咲いていたのが、白い彼岸花だったようです。女将は、白い彼岸花なんて珍しいと思ったそうです。成瀬さんがいらした時は思い出さなかったけれど、その男性が柳沢しほりの息子さんだと知って、思い出したと。すみません、映画の題名がどうしても思い出せなくて、まだレンタルビデオを借りていないので確認はしていません。でも……もし確認が必要でしたら調べて」

「あ、いえ、こちらで調べます」

歌義は、謎が解けた、と感じていた。

「わざわざありがとうございました。とても……助かりました」

「すみません、おせっかいなことを」

「とんでもない。本当に感謝しています。ぜひお礼はさせてください」

「それはもう、母もそうしたことは」

「いや……えっと、もう一度……伺いたいんです。伺わせてください」

つい口にしてしまった言葉だったが、受話器の向こうで美也子の息遣いがわずかに弾んだような気がして、歌義は首のあたりまで熱を持ったような気恥ずかしさをおぼえた。

俺は、ほんとに修行が足りない。

それでも、笑い声と共に消えた美也子の声の残響が、少しの間、歌義の耳に華やかな思いを残した。

浮気はせんで、まり恵。

歌義は、机の引き出しを開け、まり恵が送って来た画像をプリントアウトしたものを見つめる。

絶対、せんから。おまえを裏切ったりはせんから。

けど……な。

俺はもしかして、寂しいんやろか。

歌義は、思った。

これまでそんなこと、考えもしなかったけれど。俺はこの東京で、本当は寂しいと毎日思っているのかもしれない。

たぶん、高宮浩介も寂しいのだ。浩介は、記憶に残っていない実の母よりも、柳沢しほりを慕っている。けれどそのことを素直に表現できない。

しほりが出演した映画をDVDだかビデオだかで一人で観て、酔った頭でもその一場面が鮮明に思い出せるほど見つめながら、浩介はその寂しさに耐えていた。百合の香りの香水だか匂い袋だかを愛用しているのも、実の母親ではなくしほりなのだろうという気がする。女優であれば、ふだんから香水の類いを使っていても不自然ではない。

しほりも浩介の父親も、甘ったれの馬鹿息子が胸に抱いた孤独に気づいていたのだろうか。

　気づいていなかったのか。

　それとも、気づいていても気づかないふりをしていたのか。

　歌義の胸に、灰色の雨雲がかかった。奥沢の事件は無実だった。たぶん同じ手口の事件も無実だ。

　けれど。

　用賀の事件は……

　酔っても酔っても紛らわすことができなかった寂しさの果てに、浩介が半ば自暴自棄になり、そして半ばは甘えて駄々をこねる幼児となって、つまらない強盗を遊び友達と思いついて、実行に移してしまった可能性は。

　歌義は溜め息をひとつつき、ファイルを開いた。高宮事件はひとまず終わったのだ。

　今夜からは、別の依頼人の為に全力投球する。そうして毎日毎日、目の前の仕事と格闘する以上のことは、今の自分には出来ないのだから。

　それが、今の俺の、限界なのだから。

＊　　＊　　＊

二ヶ月後、高宮浩介は再逮捕された。

用賀事件の共犯者が主犯は浩介だと自供した。

真紀は肩をすくめ、歌義に書類を手渡した。

「今度はたぶん、シャンパンは飲めないけどね」

真紀は言って、皮肉な笑みを口元に浮かべた。

「でも、勝ちどころはあるわ。主犯じゃないって証明できれば、うまくいけば執行猶予を狙える。どう歌さん、やってみる？　本格的に刑事事件の裁判」

「はい」

歌義は即答した。

「やらせてください」

俺がやらないで誰がやるんや、と、歌義は思った。

『流星さがし』文庫化に寄せて

この連作短編集は長い間文庫化されず、単行本も入手困難となっておりました。読者の皆様には大変ご不便をおかけしており、申し訳ありません。

今回やっと文庫にすることができたのですが、個々の作品が雑誌掲載された頃からは年月が経ってしまい、細かな部分で「昔はこうだったね」という意図せぬノスタルジーを感じさせる作品集になってしまいました。

インターネットやスマートフォンがごくごく当たり前、SNSを使わない若者がほとんどいない現代からみて、なんとももどかしい面は多々あるのではないかと思います。が、そうしたツールがあってもなくても、人と人が向かいあった時に生まれる様々な感情は、大昔からさほど変わっていないのではないか、とも思います。

本作の主人公は新米弁護士です。この青年がもっと若かった学生の頃の物語は、『桜さがし』という連作短編集でお読みいただけます。また、本連作にも登場する、作家で、犬のサスケと暮らしている浅間寺先生の物語は「猫探偵 正太郎」シリーズや『風精《ゼフィルス》の棲む場所』でお読みいただけます。

本作を気に入っていただけましたら、それらの作品もよろしくお願いします。

本作は弁護士が主役ではありますが、リーガル・ミステリーではなく、日常の謎と呼ばれる身近な謎を解きほぐすミステリーです。どこにでもあるような、人の暮らしの中にある「謎」。その謎がほぐれた時にあらわれる、人の心の不思議を楽しんでいただければ、作者としてとても嬉しく思います。

2023年3月

柴田よしき

〈初出〉

流星さがし　「ジャーロ」二〇〇六年秋号

泥んこ泥んこ　「ジャーロ」二〇〇七年春号

離婚詐欺師　「ジャーロ」二〇〇七年秋号

わたしの愛したスッパイ　「ジャーロ」二〇〇八年春号

白い彼岸花　「ジャーロ」二〇〇八年秋号、二〇〇九年冬号

二〇〇九年八月　光文社刊

光文社文庫

流《りゅう》星《せい》さがし
著者　柴《しば》田《た》よしき

2023年5月20日　初版1刷発行

発行者　三宅貴久
印刷　KPSプロダクツ
製本　榎本製本

発行所　株式会社　光文社
〒112-8011　東京都文京区音羽1-16-6
電話　(03)5395-8149　編集部
8116　書籍販売部
8125　業務部

ISBN978-4-334-79530-6　Printed in Japan

組版　萩原印刷